Titolo originale: Lawful Escort

Edizione a caratteri grandi

© 2025 Tina Folsom

Revisionato da Giulia Andreoli

Illustrazione di copertina: Tina Folsom

Altri libri di Tina

Vampiri Scanguards

Desiderio Mortale (Storia breve #½)

La Graziosa Mortale di Samson (#1)

L'Indomita di Amaury (#2)

L'Anima Gemella di Gabriel (#3)

Il Rifugio di Yvette (#4)

La Salvezza di Zane (#5)

L'Amore Infinito di Quinn (#6)

La Fame di Oliver (#7)

La Scelta di Thomas (#8)

Morso Silenzioso (#8 ½)

L'Identità di Cain (#9)

Il Ritorno di Luther (#10)

La Missione di Blake (#11)

Riunione Fatidica (#11 ½)

Il Desiderio di John (#12)

La Tempesta di Ryder (#13)

La Conquista di Damian (#14)

La Sfida di Grayson (#15)

L'Amore Proibito di Isabelle (#16)

La Passione di Cooper (#17)

Il Coraggio di Vanessa (#18)

Guardiani Furtivi

Amante Smascherato (#1)

Maestro Liberato (#2)

Guerriero Svelato (#3)

Guardiano Ribelle (#4)

Immortale Disfatto (#5)

Protettore Ineguagliato (#6)

Demone Scatenato (#7)

Vampiri di Venezia

Vampiri di Venezia – Novella Uno (#1)

Tresca Finale (#2)

Tesoro Peccaminoso (#3)

Pericolo Sensuale (#4)

Fuori dall'Olimpo

Un Tocco Greco (#1)

Un Profumo Greco (#2)

Un Sapore Greco (#3)

Un Silenzio Greco (#4)

Il Club di Scapoli

Legittima Accompagnatrice (#1)

Legittima Amante (#2)

Legittima Sposa (#3)

Una Notte di Follia (#4)

Un Lungo Abbraccio (#5)

Un Tocco Ardente (#6)

Nome in Codice Stargate

Ace in Fuga (#1)

Fox allo Scoperto (#2)

Yankee al Vento (#3)

Tiger in Agguato (#4)

Hawk a Caccia (#5)

Time Quest

Ribaltare il Destino (#1)

L'Araldo del Destino (#2)

Thriller

Testimone Oculare

Legittima Accompagnatrice

Il Club degli Scapoli - Libro 1

Tina Folsom

1

Daniel Sinclair si accomodò sul comodo sedile in pelle della limousine che lo stava portando all'aeroporto JFK per il suo volo per San Francisco.

«Dovremmo essere all'aeroporto tra quarantacinque minuti, signore», annunciò il suo autista Maurice.

«Grazie».

Invece di noleggiare il proprio jet, aveva deciso di volare in prima classe su una compagnia aerea commerciale. Dato che sia il suo avvocato che la sua ragazza avrebbero dovuto raggiungerlo sulla costa occidentale il giorno successivo, non c'era motivo di noleggiare un jet solo per un passeggero.

Audrey, la sua fidanzata da quasi un anno, aveva un importante evento di beneficenza a cui partecipare, mentre il suo avvocato Judd Baum stava le modifiche finali al contratto e riteneva più prudente terminare il lavoro a New York, dove il suo staff poteva assisterlo.

Daniel stava lavorando all'acquisizione di quella società di servizi finanziari di San Francisco da quasi un anno. Nonostante i suoi avvocati e manager si occupassero della maggior parte dei dettagli, preferiva essere coinvolto in prima persona in ogni affare che la sua azienda concludeva, soprattutto quando si trattava degli ultimi giorni.

Aveva sempre fatto in modo di sedersi al tavolo con la controparte al momento dello scambio delle firme finali, piuttosto che concludere l'affare a distanza. Inoltre, un altro viaggio a San Francisco era proprio quello che gli serviva.

Gli avrebbe dato l'opportunità di rilassarsi e di incontrare il suo amico Tim. Il secondo motivo per cui voleva andare a San Francisco, però, era quello di presentare Audrey a Tim. Negli ultimi mesi le cose con Audrey erano state un po' incerte, soprattutto perché lui stava lavorando molto duramente per quell'affare.

Daniel l'aveva trascurata in diverse occasioni e si stava chiedendo cosa fare di quella relazione. La verità è che aveva bisogno di un piccolo consiglio dal suo vecchio compagno di università su cosa fare con lei. Non aveva mai parlato di relazioni o di donne con nessuno dei suoi amici o colleghi di lavoro a New York. Tim era l'unica persona con cui si sentiva a suo agio a parlare di altro rispetto alle *cose da uomini*.

Non essendo uno che se ne sta con le mani in mano, Daniel aprì la sua valigetta per iniziare a esaminare alcuni dei documenti relativi all'affare. Mentre sfogliava i documenti, imprecò sottovoce. Mancava uno dei documenti che la sua assistente aveva preparato per lui. Si ricordò di averlo tolto dalla valigetta la sera prima.

Era andato a prendere Audrey a casa sua, ma come al solito lei non era pronta. Dato che Audrey non era mai stata una persona veloce, mentre l'aspettava aveva iniziato a rivedere il fascicolo e poi l'aveva prontamente dimenticato lì. E poiché l'aveva riaccompagnata dopo cena invece di passare la notte insieme, non si era accorto della sua negligenza.

Mentre pensava alla sera precedente, aveva difficoltà a ricordare quando aveva passato la notte con lei per l'ultima volta. Dovevano essere passate più di un paio di settimane. E per questo motivo, doveva essere passato un po' di tempo dall'ultima volta che aveva fatto sesso con lei. Stranamente, non se ne era nemmeno accorto. Il lavoro gli faceva questo effetto: gli faceva dimenticare tutto il resto.

«Maurice», chiamò il suo autista.

«Sì, signore?».

«Passa a casa della signorina Hawkins, per favore. Ho lasciato lì dei documenti ieri sera».

«Certamente, signore».

Non sarebbe stata una grande deviazione. Maurice stava ancora lottando contro il traffico del centro e la casa di Audrey era a pochi isolati di distanza. Daniel diede un'occhiata all'orologio. Lei era già al suo evento di beneficenza, ma lui aveva la chiave e quindi poteva entrare. Il portiere lo conosceva bene e non avrebbe avuto obiezioni a lasciarlo salire nel suo appartamento.

Pochi minuti dopo, Maurice parcheggiò in doppia fila davanti all'edificio e Daniel uscì dall'auto. L'appartamento di Audrey si trovava all'ultimo piano del palazzo di fine secolo scorso. Batté impazientemente il piede mentre la cabina rivestita di legno dell'ascensore vecchio stile saliva di piano in piano.

C'erano solo tre unità all'ultimo piano e si diresse subito verso quella di Audrey. Non appena entrò nell'appartamento, gli sembrò di sentire dei rumori.

Camminando verso la camera da letto, si chiese se la governante fosse lì. Si preparò a spaventare Betty. Gli piaceva quell'anziana signora, che aveva sempre un sorriso pronto quando andava a trovarla.

Daniel si mise in ascolto. Il suono proveniva sicuramente dalla camera da letto. Probabilmente aveva la TV accesa mentre puliva. Sorridendo e immaginando già la faccia scioccata di Betty, afferrò la maniglia della porta, la spinse lentamente verso il basso e la aprì con uno strattone.

«Bu!». Quasi si strozzò quando non vide quello che si aspettava. Non era certo Betty che puliva l'appartamento.

«Daniel!».

Era ovvio che Audrey avesse deciso di non andare all'evento di beneficenza. Nuda, con i capelli in disordine, il corpo sudato e impalato su un corpo maschile nudo, non sarebbe mai riuscita a prepararsi in tempo. Non che ne avesse mai avuto l'intenzione. La beneficenza sembrava la cosa più lontana dalla sua mente. La posizione in cui si trovava suggeriva tutt'altro. Naturalmente, Daniel poteva sbagliarsi.

Forse Audrey si scopava il suo avvocato per beneficenza.

«Judd. Audrey».

I lunghi capelli rossi di Audrey le ricadevano sui seni e le ciocche si attaccavano alla sua pelle scintillante. Ovviamente aveva sudato un po' mentre lo cavalcava e, a giudicare dalle lenzuola aggrovigliate e dall'odore di sesso nell'aria, non si trattava della prima sessione.

Daniel intuì anche che Judd non fosse così impegnato con le revisioni del contratto come aveva dichiarato, altrimenti come avrebbe trovato il tempo di scoparsi la ragazza del suo capo? Ovviamente, non gli era ancora passato per la testa il fatto che si stesse rovinando con le sue mani.

Stranamente, guardando la scena davanti a sé, Daniel si sentiva distaccato. E stranamente sollevato. La faccia scioccata di Audrey era la prima emozione genuina che le vedeva esibire da molto tempo.

«Posso spiegare». Judd fece un debole tentativo di svincolarsi da Audrey, che era ancora a cavalcioni su di lui anche se aveva avuto la decenza di smettere di muoversi su e giù sul cazzo di Judd.

Daniel sollevò la mano. «Risparmiamelo».

La situazione era abbastanza chiara da dove si trovava.

«Audrey, non c'è bisogno che tu venga in California. Ecco la tua chiave. È finita».

Appoggiò la chiave dell'appartamento sul comò e prese il suo fascicolo.

«Daniel, dobbiamo parlarne».

Scosse la testa. Non era uno che faceva grandi scenate. Non era mai stato emotivo come gli altri, almeno non dopo la pubertà. Tim lo prendeva in giro, dicendo che non credeva che la madre italiana di Daniel fosse davvero sua madre e che non poteva essere per metà italiano con la mancanza di emozioni che mostrava.

Sulla porta, Daniel si voltò ancora una volta. «E, Judd. Sei licenziato. Concluderò io stesso l'affare».

«Ma non puoi licenziarmi così. Hai bisogno di me...».

Anche se Judd gli aveva fatto un favore togliendogli Audrey di torno, non poteva continuare a lavorare con qualcuno che agiva alle sue spalle, soprattutto con un avvocato di cui doveva fidarsi al cento per cento.

«Sei sostituibile. Abituati». La sua frecciatina a Judd non si riferiva al lavoro che aveva appena perso, ma alla donna che aveva tra le braccia. Presto lo avrebbe sostituito con qualcun altro.

Due minuti dopo, Daniel stava lasciando l'edificio ed era fuori dalla vita di Audrey per sempre. Sentì il suo passo più leggero dirigendosi verso l'auto, come se si fosse tolto un peso dalle spalle. Si rese conto che la perdita di un buon avvocato lo aveva colpito più duramente della perdita di Audrey. Senza un avvocato al suo fianco per portare a termine l'acquisizione, le cose avrebbero potuto esplodergli in faccia.

Daniel tirò fuori il cellulare e fece una rapida chiamata mentre saliva in macchina, dando istruzioni all'autista di proseguire verso l'aeroporto.

La chiamata ricevette risposta nel giro di due squilli. «Tim, sono Daniel».

«Oh merda, ho sbagliato l'orario di arrivo?».

«No, certo che no. Sono ancora a New York». Sentì Tim sospirare, con un certo sollievo. «Ascolta, ho bisogno di un favore. Ho bisogno che il miglior studio legale aziendale in circolazione si occupi dell'affare».

«Che c'è, hai finito gli avvocati a New York?».

«Ho licenziato Judd cinque minuti fa». Non aveva voglia di entrare nei dettagli. Avrebbe avuto tutto il tempo di rivivere la storia quando sarebbe arrivato a San Francisco.

«Ok, ci penso io. Avrò qualcuno per te quando arriverai. Non vedo l'ora di vederti e di conoscere finalmente Audrey. Ho prenotato per la cena. Possiamo...».

«Sì, a proposito di Audrey».

«Cosa?».

«Non verrà. È finita». Non diede nemmeno la possibilità all'amico di commentare. «Il che mi porta a un altro problema. Devo partecipare a quel dannato ricevimento di domani sera in vista dell'acquisizione. Avevo intenzione di far partecipare Audrey per tenere lontane le ragazze in età da marito che di solito mi propinano a quegli eventi, quindi ho bisogno di una sostituta».

Non gli interessava essere costretto a respingere le avances di tutte le donne sotto i quarant'anni, che si lanciavano su di lui perché era ricco e non sposato.

«Una sostituta?».

Daniel si passò di nuovo la mano tra i capelli, scompigliandoli come se si fosse appena alzato dal letto, il che non poteva essere più lontano dalla verità. Era in piedi dalle quattro del mattino, per allenarsi in palestra prima che iniziasse la sua intensa giornata.

«Sì, una bella statuina».

«Posso organizzarti un appuntamento al buio», suggerì Tim con entusiasmo, avendo ovviamente già in mente qualcuno. «In effetti, il tempismo è perfetto. La coinquilina di una mia cara amica è...».

Daniel riuscì a vedere Tim che si sfregava le mani. «Lascia perdere. Voglio una professionista. Niente coinvolgimenti romantici, niente appuntamenti al buio». Sì, ne aveva bisogno quanto di un buco in testa, di un appuntamento al buio.

«Una professionista?».

«Sì, come le chiamano? Una escort». Questa era la soluzione. Invece di una fidanzata, aveva bisogno di una escort, qualcuno che indicasse a tutte le altre donne che non era disponibile. Avrebbe risolto tutti i suoi problemi. «Trovami una di quelle. Non troppo bella, ma dall'aspetto ragionevole e con un po' di cervello per non mettermi in imbarazzo al ricevimento».

«Stai scherzando!» Anche se non poteva vedere il volto di Tim, capì che la mascella del suo amico era appena caduta.

«Sono serissimo. Allora, prenota per me. Immagino che accettino carte di credito». Decisamente, Daniel era un tipo pratico.

«Come diavolo faccio a saperlo? Ti sembro uno che frequenta le escort?». Tim sembrava sempre meno irritato e sempre più divertito.

«Dai, fai questo per me e ti dirò perché ho rotto con Audrey». Sapeva bene quanto a Tim piacessero i pettegolezzi.

«Ogni sporco dettaglio?».

«Più sporco di così non si può».

«Sei proprio in gamba. Qualche

preferenza? Bruna, bionda, rossa? Tette grandi? Gambe lunghe?».

Daniel scosse la testa e sorrise. Non voleva certo andare a letto con la sua accompagnatrice; voleva solo che lo accompagnasse a quel noioso ricevimento. Non gli importava affatto il suo aspetto, purché non fosse brutta e potesse sfoggiarla come la sua ragazza.

«Perché non mi fai una sorpresa? Ci vediamo presto». Stava per riattaccare, ma poi ci ripensò. «E grazie Tim, per tutto».

«Ti voglio bene anch'io».

Daniel si sistemò nella sua comoda poltrona di prima classe e passò in rassegna le ultime questioni rimaste riguardo l'affare. Avrebbe chiesto al suo assistente di inviare tutti i contratti in corso per posta elettronica ai suoi nuovi avvocati, che avrebbero potuto ricominciare da dove era rimasto Judd. Nella peggiore delle ipotesi, questo avrebbe ritardato l'affare di una settimana, ma a quel punto non gli importava.

Forse avrebbe potuto approfittare del tempo libero e andare a rilassarsi per qualche giorno nella regione vinicola. Avrebbe chiesto a Tim di consigliargli un posto. Essendo uno snob del vino, Tim conosceva sicuramente i posti migliori della zona. Si sarebbe rilassato con una buona bottiglia di vino in una mano e un libro nell'altra.

Diamine, chi voleva prendere in giro? Da quando sapeva come si fa a rilassarsi? Nell'ultimo anno non si era mai preso un solo giorno di riposo. Aveva lavorato anche la domenica, cercando di mettere insieme sempre un altro affare, anche quando Audrey lo aveva pregato di andare via con lei per un weekend. Non poteva certo biasimarla per aver trovato conforto tra le braccia di Judd. Lui non era stato esattamente il più attento dei fidanzati. O il più romantico. Non era proprio il tipo.

A Daniel dispiaceva già per la donna che un giorno si era innamorata di lui. Buona fortuna a chi cercava di distoglierlo dal suo lavoro. Audrey di certo non ci era riuscita, ed era bella e seducente. Ma la sua priorità era sempre stata il suo lavoro e quello non sarebbe cambiato. Mai.

Non era arrivato fino a quel punto - e senza prendere un soldo da suo padre - per avere una donna che soffocasse le sue ambizioni e lo facesse sentire in colpa per non passare abbastanza tempo con lei. Quella era la strada che prendevano gli altri uomini. Non la sua. Lui aveva bisogno di sfide, di conquiste, di battaglie. Non di una donna che se ne stava a casa a lamentarsi perché non aveva tempo per lei.

Aveva praticamente rinunciato a trovare la donna giusta, sospettando che la donna che lo avrebbe sopportato non fosse ancora nata. Non è che non ci avesse provato, ma le donne che aveva finito per attirare erano come Audrey: molto esigenti, viziate e, in definitiva, desiderose dei suoi soldi. No, grazie.

Ripensando alla sua vita, Daniel non riusciva a individuare il momento esatto in cui si era trasformato dal giovane amante del divertimento all'uomo d'affari motivato che era ora. Le donne gli erano sempre ronzate intorno, soprattutto per il suo bell'aspetto italiano, quindi non aveva mai dovuto impegnarsi e le aveva date per scontate.

Il sesso era certamente una parte della sua vita, ma non una parte importante. Spesso aveva rinunciato a fare sesso con Audrey per andare a riunioni di lavoro la sera tardi. E sembrava che a lei non importasse più di tanto, purché andasse con lei a importanti eventi mondani. Tali eventi erano stati pochi e molto distanti tra loro, perché la maggior parte di essi lo annoiavano a morte.

Daniel appariva raramente sulle pagine di gossip, cosa che aveva infastidito enormemente Audrey, che amava leggere di sé sui giornali. Daniel era una persona molto più riservata e certamente non appariscente come lei voleva che fosse. Ripensandoci, non sapeva perché avesse iniziato a frequentarla. Non erano assolutamente fatti l'uno per l'altra.

2

Se solo Sabrina Palmer avesse accettato l'altro lavoro che le era stato offerto e non quello presso lo studio legale Brand, Freeman & Merriweather, in quel momento non avrebbe voluto strisciare fuori dalla sua stessa pelle. Sarebbe stata seduta in uno studio legale climatizzato a Stockton con un lavoro che probabilmente non sarebbe andato da nessuna parte, invece di avere uno degli associati senior a fissarla da dietro, fingendo di leggere il documento sullo schermo del computer quando lei sapeva che stava sbirciando sotto la sua camicetta.

Ma no, Sabrina aveva dovuto accettare il lavoro presso lo studio più rinomato di San Francisco nella speranza di acquisire il giusto tipo di esperienza legale per fare carriera. Aveva superato l'esame di stato a pieni voti e pensava di poter affrontare il mondo, solo per scontrarsi con un problema antico: era una donna in un mondo di uomini.

E ora, invece di lavorare su uno dei casi interessanti a cui erano assegnati gli associati junior *maschi*, era relegata al diritto societario di routine, mentre Jon Hannigan, o Jonny Lumaca, come lo chiamavano le segretarie alle sue spalle, le guardavano le tette.

Non che le sue tette fossero così pronunciate, ma per la sua taglia minuta aveva un insieme ben proporzionato, insieme a una figura relativamente formosa. Non era magra come una modella, né era alta. Le sarebbe piaciuto essere almeno un paio di centimetri più alta, in modo che non tutti gli uomini potessero vedere automaticamente fino al suo ombelico quando indossava uno scollo a V, ma non poteva cambiare i suoi geni.

«Devi riformulare questo paragrafo», suggerì Hannigan avvicinandosi ancora di più e spostando il braccio oltre la spalla di lei per indicare lo schermo. Una zaffata di odore corporeo accompagnò il suo movimento. «Devi trasmettere l'intenzione».

«Capisco».

Sapeva tutto sulle intenzioni. Le sue intenzioni. Il giorno in cui le era stato presentato Jon Hannigan, aveva capito che sarebbe stato un problema. Lo sguardo viscido che le aveva rivolto le aveva detto tutto quello che doveva sapere: doveva stare in guardia. Le aveva stretto la mano con le sue dita grassocce per troppo tempo e Sabrina aveva dovuto mantenere la calma per non strappargliela dalla presa.

Il suo viso pallido era accentuato da un naso spesso leggermente rosso, a causa di un'eccessiva esposizione al sole o di un'eccessiva assunzione di alcol. Lei sospettava la seconda ipotesi. Hannigan non era bello, ma non era nemmeno particolarmente brutto, anche se la sua personalità lo rendeva brutto dentro.

Se avesse dovuto descriverlo a qualcuno, avrebbe detto che era nella media: semplicemente, un mediocre stronzo.

«Sabrina, ti svelo un piccolo segreto. Se vuoi salire di grado qui, resta con me».

Sabrina rabbrividì interiormente. Salire non era ciò che lui aveva in mente, ne era certa. Più probabilmente voleva che lei scendesse, lungo il suo corpo. Aveva sentito abbastanza dalle segretarie che erano state da lui molestate. Il solo ricordo di ciò che aveva sentito le faceva drizzare i peli del collo. Quell'uomo era un porco.

«Posso rivedere il brief come prima cosa domani. Sarà sulla tua scrivania prima che tu arrivi».

«Che ne dici di esserci *tu* sulla mia scrivania come prima cosa domattina?».

Sabrina inspirò velocemente. Hannigan stava diventando sempre più sfacciato.

«È meglio che vada per oggi», disse con cautela e spense il computer.

Hannigan non si mosse, ma rimase in

piedi dietro la sua sedia, impedendole di spingerla indietro.

Girando leggermente la testa nella sua direzione, fece un altro tentativo. «Mi scusi, per favore».

Lui si spostò solo di una trentina di centimetri, abbastanza per permetterle di alzarsi dalla sedia, ma il movimento la portò troppo vicino al suo corpo. Lei inspirò e cercò di superarlo. Hannigan aveva un sorriso viscido stampato in faccia. Pensava davvero di essere seducente in quel modo? Il barbone alla stazione degli autobus aveva più possibilità di entrare nei suoi pantaloni di Hannigan.

«Perché tanta fretta?»

«Appuntamento dal medico. Mi scusi».

Dopo averle dato un'altra occhiata sfacciata alle tette, si spostò e la lasciò passare. Sabrina provò un senso di nausea per il mix tra la sua fortissima colonia e l'odore del suo corpo. Senza voltarsi, Sabrina prese la borsa dalla scrivania e si diresse verso la porta.

«Ci vediamo domani, Sabrina».

La voce di lui, troppo vicina alle sue spalle, la fece accelerare.

Anche se erano appena le quattro del pomeriggio e di solito lavorava almeno fino alle sei, non riusciva più a resistere. La visita medica era stata una scusa per sfuggire ad Hannigan. Un altro minuto in sua presenza e avrebbe vomitato o sarebbe svenuta.

Come avrebbe fatto a resistere a quel lavoro per almeno un anno intero, con lui che le alitava pesantemente sul collo, o meglio sulla camicetta, non ne aveva idea.

«Finito per oggi?» chiese Caroline, la receptionist, mentre Sabrina attraversava l'atrio.

Sabrina rispose con uno sguardo che diceva più di quanto avrebbe potuto dire in una conversazione lunga dieci minuti.

«Ancora Hannigan?».

Sabrina si chinò sul bancone per sussurrare a Caroline. «Non so per quanto tempo ancora potrò sopportare tutto questo».

«Sai cosa è successo ad Amy. Se ti lamenti, troveranno un motivo per sbarazzarsi di te». La receptionist le rivolse uno sguardo pieno di compassione. A quanto pareva, i soci apprezzavano abbastanza i risultati di Hannigan da non considerare i suoi comportamenti indiscreti.

«Non mi lascia molte opzioni, vero? Ci vediamo domani».

Nonostante fosse una calda giornata estiva, Sabrina trovò l'aria rinfrescante quando uscì dall'edificio. Nel suo ufficio non riusciva a respirare, non con Hannigan in giro.

La cosa buffa era che le segretarie erano state felici che lo studio avesse finalmente assunto un'associata junior donna. Ora sapeva perché: Hannigan non dava più molto fastidio alle segretarie. Sabrina era diventata il loro parafulmine. Per quanto le dispiacesse per le segretarie, doveva badare a se stessa e prendere una decisione sul da farsi. Poteva arrischiarsi a presentare un reclamo formale? Che impatto avrebbe avuto sulla sua carriera?

Ricordando che il frigorifero di casa era quasi vuoto, Sabrina decise di sfruttare il tempo extra per fare la spesa mentre tornava a casa. Il supermercato era incredibilmente affollato e solo una delle casse era aperta. A quanto pareva, un guasto al computer aveva bloccato tutte le casse rimanenti.

Dopo essersi assicurata di poter mantenere il suo posto in fila, tornò alla corsia dei surgelati e prese una vaschetta di gelato. Sperava che Holly, la sua coinquilina e amica d'infanzia, fosse in casa. Così avrebbero potuto divorare insieme il Ben e Jerry's mentre si lamentavano degli uomini in generale e di Hannigan in particolare.

3

Quando Sabrina entrò finalmente nel loro appartamento condiviso, erano già passate le sei, l'ora a cui di solito tornava a casa.

«Holly, sei in casa?», chiamò e si diresse verso la cucina, appoggiando le buste della spesa sul bancone. Prima che il gelato potesse sciogliersi, lo mise nel freezer e si voltò quando sentì un rumore provenire dal bagno in fondo al corridoio.

«Holly, stai bene?».

La porta del bagno era socchiusa. Holly era accovacciata sul pavimento davanti al water. Era in accappatoio rosa e stava vomitando.

«Cosa c'è che non va, tesoro? Hai mangiato qualcosa di scaduto?».

Sabrina si accovacciò e tirò indietro i lunghi capelli biondi dell'amica. Il suo viso era cinereo.

«Non lo so. Stavo bene un paio d'ore fa. Ma poi...».

Holly diresse di nuovo la testa verso il trono di porcellana e vi riversò ancora una volta il contenuto dello stomaco. Sabrina si alzò e prese un asciugamano dall'armadio della biancheria, immergendolo in acqua fredda prima di sedersi di nuovo accanto all'amica.

«Ecco a te, tesoro». Premette il panno freddo sul collo di Holly. «Tira fuori tutto».

«Sembri stressata. Brutta giornata?»

Sabrina sorrise dolcemente. «Ovviamente non così brutta come la tua».

«Ancora Hannigan?» Holly si afferrò di nuovo lo stomaco e tenne la testa sopra la tazza.

«Niente di peggio di com'è andata

finora», mentì Sabrina. La situazione *stava* peggiorando. Lui aveva iniziato a fare proposte decisamente sessuali e lei aveva esaurito le scuse per sfuggirgli. Ma non aveva intenzione di far pesare la cosa a Holly in quel momento.

«Dovresti davvero fare qualcosa al riguardo».

«Beh, prima di tutto occupiamoci di te, prima di fare piani su come affrontare Hannigan, che ne dici?».

Aiutò Holly ad alzarsi e si accorse che barcollava. Sabrina sostenne il suo peso mentre Holly si puliva il viso e si sciacquava la bocca con il collutorio.

«Vuoi stenderti sul divano o sul letto?».

«Sul divano, per favore».

Mentre Sabrina la aiutava a raggiungere il soggiorno, squillò il telefono.

«Lascia che risponda la segreteria. Posso immaginare chi sia».

Non appena risuonò il bip, una voce femminile irritata rispose alla segreteria telefonica. *«Holly, sono Misty. So che sei lì, quindi rispondi a quel dannato telefono. Mi senti? Se pensi di potermi lasciare un messaggio per dirmi che non accetti la prenotazione di stasera, te la sei cercata. Dopo quello che hai fatto con il cliente giapponese la settimana scorsa, non ho più pazienza con te».*

Holly aggrottò le sopracciglia.

«Tutte le altre ragazze sono prenotate, quindi non c'è nessuno che possa prendere il tuo posto. Lavorerai stasera, non importa quanto tu sia malata, o non lavorerai più per me. Mi hai capito? E farò in modo che anche nessun altro in città ti assuma. Spero che ci capiamo. Ti voglio al Mark Hopkins Intercontinental, stanza 2307, stasera alle 19:00, o sarai licenziata».

La segreteria tacque.

«Vecchia megera!» gracchiò Holly, con la voce roca a causa del vomito.

«Cos'era quella storia del cliente giapponese?».

«Pervertito». All'inizio sembrava che Holly non volesse dare altre informazioni, ma Sabrina conosceva bene la sua amica e sapeva che alla fine le avrebbe detto quello che voleva sapere. Holly non era una persona che aveva segreti.

«Allora, siamo nella sua stanza d'albergo e penso che voglia solo quello che vogliono la maggior parte degli uomini. Ma no, quell'uomo ha dovuto sfoggiare tutti i suoi kink con me. Ha portato con sé queste piccole sfere d'acciaio con una catena e non vuoi davvero sapere cosa voleva che ci facessi...».

Sabrina le lanciò un'occhiata, confermando che non era necessario alcun dettaglio. Aveva già ricevuto più informazioni di quante ne volesse.

«Comunque, sono scappata e quando Misty l'ha scoperto, mi ha praticamente messa in libertà vigilata. Ha detto che se avessi abbandonato di nuovo un cliente, mi avrebbe fatto il culo. Perdona il mio francese».

Il francese di Holly non era mai stato un problema. In effetti, la maggior parte dei suoi clienti apprezzava il suo francese e tutto ciò che riusciva a fare con la lingua. Sabrina scosse la testa e rise.

«Lascia che ti prepari una camomilla».

Mentre si affaccendava nella grande cucina abitabile e cercava di trovare dei biscotti secchi da abbinare al tè, Sabrina si chiese se qualcuno dei suoi colleghi avrebbe trovato strano il fatto che condividesse l'appartamento con una escort professionista.

Lei e Holly erano cresciute insieme in una piccola città della East Bay. Erano state migliori amiche all'epoca e si erano riavvicinate dopo il college, quando avevano scoperto che entrambe avevano deciso di trasferirsi a San Francisco. Fu naturale per loro condividere un appartamento.

Mentre Sabrina si era iscritta alla facoltà di legge, Holly era passata da un lavoro all'altro fino a quando non aveva capito che c'era un modo più semplice per fare soldi.

Bionda e con gli occhi azzurri, era una vera bellezza. Con gli abiti giusti, era uno schianto. Quindi perché uscire con ragazzi che le offrivano solo la cena e poi si aspettavano che andasse a letto con loro, quando poteva essere pagata per quello che avrebbe fatto comunque?

Certo, c'erano sempre clienti come l'uomo d'affari giapponese della settimana precedente, ma secondo Holly la maggior parte dei clienti erano uomini normali, per lo più uomini d'affari di fuori città che si sentivano soli.

All'inizio Sabrina era rimasta scioccata dalla scelta di Holly di diventare una escort, ma quando aveva visto che Holly si divertiva con il suo lavoro, almeno per la maggior parte del tempo, e che era rimasta lo stesso tipo di persona che era prima della sua strana scelta professionale, aveva smesso di cercare di cambiare la sua amica.

In ogni caso, il cospicuo reddito di Holly era stato utile quando Sabrina non era stata in grado di mantenere il suo lavoro di cameriera part-time durante l'ultimo anno di legge a causa delle esigenze di studio. Holly si era fatta carico di pagare l'intero affitto dell'appartamento e si era sempre assicurata che il frigorifero fosse rifornito.

La sua amica non le aveva mai permesso di restituirle nulla, nemmeno ora che Sabrina aveva trovato un lavoro che la pagava abbastanza bene da mettere da parte qualche centinaio di dollari ogni mese. A cosa servono gli amici, aveva insistito Holly. Per lei era più una sorella che un'amica e sapeva che Holly provava lo stesso per lei.

Holly era ancora pallida come Biancaneve quando Sabrina le portò il tè e gliene fece sorseggiare un po'. Era appoggiata su un paio di cuscini.

«Non puoi lavorare stasera. Deve capirlo».

Holly si acciglió. «È quello che le ho detto, ma hai sentito cosa ha detto. Se non porto il mio culo laggiù, sono licenziata. E questa volta fa sul serio».

Holly cercò di alzarsi a sedere, ma si lasciò cadere all'istante sui cuscini. «Oh, accidenti. Mi gira la testa».

«Non puoi andare. La chiamerò e le spiegherò tutto». Sabrina si alzò ma si sentì tirare indietro dalla mano di Holly.

«Non sei mia madre, quindi non farlo. È inutile. È comprensiva come Scrooge».

«Non riesci a trovare nessuno che ti sostituisca?». Sicuramente c'erano altre ragazze che potevano prendere quel lavoro per lei. Al momento non c'era nessuna convention in città, quindi gli affari avrebbero dovuto essere lenti.

«Non sono un'insegnante, Sabrina, sono un'accompagnatrice. Non abbiamo un sistema centrale che chiamiamo quando abbiamo bisogno di un supplente».

«Devono esserci degli *indipendenti* là fuori. Non conosci nessuno?». Non avrebbe mai permesso a Holly di lavorare stasera. Aveva bisogno di riposare per riprendersi da qualsiasi virus avesse preso. E se avesse avuto un'intossicazione da salmonella?

«Cosa c'è? Vuoi farlo tu?». Holly rise e poi fissò il volto scioccato di Sabrina.

«Oh, dai, non saprei cosa fare». Lei e il sesso non erano esattamente in buoni rapporti in questo momento. Erano anni che non usciva con nessuno e che non... Beh, non importava. Non era un'opzione. La cosa più vicina al sesso negli ultimi tre anni era stata ascoltare le storie di Holly sui suoi clienti.

«Sarebbe perfetto. Vedilo come un appuntamento».

«È fuori discussione». Holly era

completamente fuori di testa? Probabilmente aveva la febbre. Mise una mano sulla fronte di Holly per sentire se era calda.

«Cosa stai facendo?».

«Controllo se hai la febbre».

«Non ho la febbre. Ascolta, potresti anche non andare a letto con lui. Alcuni vogliono solo compagnia».

«Come se pagassero tutti quei soldi solo per parlare con qualcuno, per favore!». Sabrina sbuffò indignata. Nemmeno *lei* era così ingenua. Sapeva esattamente cosa ci si aspettava che facesse una escort, almeno lo sapeva dalle storie che Holly le aveva raccontato. Non c'era bisogno di scoprirlo di persona.

«E poi, ho già abbastanza problemi a respingere Hannigan ogni giorno».

«Beh, quel tipo è un idiota. Non capisco perché non gli hai ancora dato un calcio nelle palle. Lo farò io per te, se me lo permetterai». Il sorriso di Holly divenne davvero perfido.

«Forse un giorno te lo lascerò fare. Nel frattempo, ho ancora bisogno del mio lavoro». Sabrina cercò di non pensare alla situazione in cui si trovava. Voleva che la sua carriera fiorisse, ma non voleva farlo a spese della sua integrità. Cedere ad Hannigan avrebbe significato vedersi assegnare molti casi interessanti, ma niente la disgustava di più del pensiero che Hannigan la toccasse. Avrebbe preferito che le venissero attaccate delle sanguisughe sulla pelle.

«E io ho bisogno del mio. Siamo sulla stessa barca». La voce di Holly sembrava rassegnata.

Sabrina la guardò a lungo. «Non posso. Non posso andare a letto con un ragazzo che non conosco».

«Quando hai fatto sesso l'ultima volta?».

«Intendi dire sesso non con un dispositivo a batteria prodotto in Cina?».

«Sì, sesso con un uomo».

«Lo sai bene quanto me, quindi cosa c'entra?».

«Quando?».

«Primo anno di legge. Come se non conoscessi la storia, tutti quelli che guardano YouTube hanno visto bene il mio sedere». Sabrina rabbrividì al solo ricordo. A sua insaputa, Brian li aveva filmati mentre facevano sesso e poi aveva pubblicato ili video su YouTube perché tutti li vedessero.

«È stata una situazione piuttosto infelice, lo ammetto. Tuttavia, non dovresti lasciare che una brutta esperienza come quella ti freni. Devi rilassarti, fingere di essere qualcun altro e lasciarti andare. Non puoi crogiolarti in quei brutti ricordi e avere paura di quello che farà il prossimo ragazzo. Devi prendere in mano la tua vita. Se ti fai valere nella tua vita sessuale, otterrai ciò che vuoi. Quindi, non startene con le mani in mano. Sei bella, affascinante e intelligente. Potresti essere qualsiasi cosa. E potresti conquistare qualsiasi ragazzo tu voglia».

«Non riuscirei mai a farlo». Avrebbe potuto trovare centinaia di motivi per cui non avrebbe potuto farlo. «Non sono come te, Holly. Non mi butto a letto con i ragazzi al primo appuntamento. Diavolo, a malapena bacio al primo appuntamento. Sono *davvero* una pessima candidata per questo».

«Sciocchezze! Hai fatto teatro all'università. Non dirmi che non sai recitare un po'. Fai finta di essere me. In effetti, è quello che dovrai fare in ogni caso, per evitare che l'intera faccenda si ritorca contro di te o contro di me. Vai lì e digli che sei Holly Foster e poi ti comporterai come Holly Foster. Fai finta di andare a un appuntamento al buio».

Stranamente, più Holly pubblicizzava l'idea, meno sembrava irragionevole.

«Un appuntamento al buio? Mi offrirà la cena e poi si aspetterà di fare sesso con me. Così?». Sabrina provò a dirlo ad alta voce. Alle sue orecchie suonava strano. «Ridicolo. Non sono il tipo da queste cose. Mi conosci da sempre. Cosa ti fa pensare che io possa farcela? Quel ragazzo lo capirà subito».

«Non essere così paranoica. Vedrà solo il tuo bel viso e nient'altro avrà importanza. Sarà come un appuntamento, solo che lui ha pagato in anticipo. E tu sai esattamente cosa ti aspetta. Anzi, sarai tu a comandare. La maggior parte dei ragazzi mi lascia prendere l'iniziativa. Vogliono essere sedotti. Ti farà fare un po' di pratica. A essere sincera, ne hai proprio bisogno».

Quella battuta le fece male. Sabrina si era messa da parte dopo il disastro con Brian, che ovviamente voleva solo vedere se riusciva a portarsela a letto per poter pubblicare un video hard su internet. L'umiliazione era qualcosa che non avrebbe mai voluto provare di nuovo.

«Devi superarla. Quale modo migliore per farlo, sapendo esattamente a cosa vai incontro? È una cosa di una notte. Viene da fuori città. Non lo rivedrai mai più. Questa è la tua occasione per fare qualcosa di folle, divertirti, fare del sesso favoloso, godertela, lasciarti andare».

Holly addentò piano un cracker e guardò Sabrina.

Sabrina era combattuta. Voleva aiutare la sua migliore amica a evitare guai. Holly l'aveva aiutata tante volte negli ultimi anni e le era davvero debitrice. Ma quello? Come poteva accettare di fingere di essere una escort e di andare nella stanza d'albergo di uno sconosciuto per fare sesso con lui?

Se i suoi genitori lo avessero mai scoperto, sarebbero rimasti sconvolti e sarebbero sprofondati sotto terra per la vergogna per la loro figlia. Eppure, una cosa che Holly aveva detto le era rimasta impressa. *Si era* crogiolata nei suoi brutti ricordi e non aveva permesso a nessuno di avvicinarsi per quel motivo. Aveva paura di essere ferita di nuovo e aveva rinunciato al sesso per quel motivo.

Forse non era peggio di un appuntamento al buio. Due sconosciuti, una cena, un po' di sesso. Non era forse questo che la maggior parte degli uomini si aspettava dalle donne con cui usciva? Solo che loro se la cavavano in modo più economico, con una cena scadente. Perché non vendersi per qualcosa di più, qualcosa di più vicino a quello che valeva davvero?

Inoltre, aveva iniziato a sentire la mancanza del sesso e del tocco di un uomo. Non puoi farti le coccole con un vibratore. Ma la paura di essere ferita di nuovo l'aveva trattenuta dall'uscire con qualcuno. Aveva pensato che una volta incontrato l'uomo giusto, le cose sarebbero andate al loro posto. Ma non era andata così. Non aveva incontrato nessuno e si sentiva sola come dopo la disfatta della scuola di legge.

Forse Holly aveva ragione ed era arrivato il momento di lasciarsi andare e di passare una notte selvaggia con uno sconosciuto. Senza rimpianti, senza doverlo rivedere mai più, in modo da evitare imbarazzo e dolore. Lui non avrebbe nemmeno saputo chi fosse. L'anonimato era un ottimo protettore.

«Dovrò chiedergli i soldi in anticipo?».

Holly sorrise. «No. Tutto è già pagato dall'ufficio. Non dovrai parlare di soldi. Sarà come un appuntamento».

Sabrina annuì lentamente. Non poteva più tornare indietro. Doveva essere coraggiosa per aiutare la sua amica e se stessa nel frattempo.

«Ok, lo farò. Per stasera sarò Holly Foster».

4

Non appena Daniel aprì la porta della sua stanza d'albergo, capì perché l'agenzia di escort gli aveva fatto pagare una cifra esorbitante per il piacere di farsi accompagnare da quella donna dai capelli scuri per la serata. Sembrava uscita da una favola.

I suoi splendidi occhi verdi lo guardarono. In essi c'era sorpresa e una domanda silenziosa. Aveva bussato alla porta sbagliata? Lui sperava di no.

Se questa era davvero l'accompagnatrice che gli avevano mandato, allora si malediceva già per non aver chiesto maggiori dettagli su ciò per cui aveva effettivamente pagato. Si trattava solo di un'accompagnatrice per il ricevimento o gli avrebbe fornito altri servizi più personali in seguito?

Incapace di parlare, i suoi occhi fecero tutto il discorso per lui, passando in rassegna i lineamenti delicati del suo viso, il suo collo aggraziato e le curve sottili accentuate dal suo leggero vestito estivo, abbastanza corto da mettere in mostra le gambe formose fino alle caviglie eleganti. Notò che il suo petto si sollevava ad ogni respiro.

I suoi seni erano della misura perfetta per le sue mani e sodi senza l'ausilio di un reggiseno. Quel morbido vestito estivo con le spalline sottili non permetteva di indossarlo.

Per quanto tempo l'avesse fissata, Daniel non sapeva davvero dirlo. Forse un secondo, o forse cinque minuti. Ma sapeva perché aveva improvvisamente la lingua bloccata. Era un chiaro caso di lussuria. Una forte lussuria. Lussuria incontrollabile. Con il timore di dire quello che gli passava per la testa, qualcosa del tipo: «*Voglio scoparti subito*», strinse la mascella e continuò a guardare le sue labbra. Erano rosse e piene e si dividevano leggermente come se aspettassero il suo tocco. Daniel lo desiderava.

La sua immaginazione partì per la tangente. Si vedeva strappare i vestiti dal corpo di lei. Il suo corpo morbido sotto il suo, lui che la cavalcava con forza finché lei non avrebbe urlato il suo nome.

Dio, cosa voleva che le sue labbra facessero con lui. Adesso. Immediatamente. Aveva frequentato la sua buona dose di belle donne e se ne era portate a letto molte, ma la donna che gli stava davanti era più che bella. Sembrava fatta per l'amore.

E poi parlò. Come il morbido rivolo di una sorgente di montagna, la sua voce uscì dalle sue labbra.

«Sono Holly, Holly Foster. Mi ha mandato l'agenzia».

«Ciao Holly, Holly Foster», la salutò, lasciando che il suo nome gli uscisse dalla lingua. «Io sono Daniel, Daniel Sinclair».

Lei allungò la mano e lui la strinse con la sua. «Ciao Daniel, Daniel Sinclair», ripeté lei ridacchiando nervosamente. La risatina gli attraversò il corpo, facendolo sentire di nuovo un ragazzo del college. Quando esattamente era morto e andato in paradiso? L'aereo si era schiantato?

«Per favore, entra. Prendo la giacca e poi possiamo andare». Daniel le fece cenno di entrare nella suite. Maledetto ricevimento. Poteva pensare a cose migliori da fare con lei che trascinarla a un noioso evento di lavoro. Trascinarla nel suo letto sarebbe stato più adatto.

Mentre lui scompariva nella camera da letto adiacente, Sabrina si prese il tempo per calmare i nervi. Aveva superato il primo ostacolo. Quando lui l'aveva fissata mentre lei aspettava alla porta, aveva avuto il dubbio di non essere nella stanza giusta. Perché un uomo bello come un Adone avrebbe dovuto avere bisogno di una escort?

La sua figura imponente, vestita con pantaloni scuri e camicia elegante bianca, odorava di razza e sicurezza. Sicuramente più di una dozzina di donne solo in questo piano dell'hotel avrebbero voluto passare le mani tra i suoi folti capelli scuri e gettarsi su di lui o sotto di lui. Non capiva perché avesse bisogno di assumere una escort quando avrebbe potuto ottenere tutto ciò che voleva gratuitamente.

Improvvisamente il pensiero di fare sesso con uno sconosciuto non era più così scoraggiante. Se lo sarebbe fatto in qualsiasi momento. Dio, si sentiva una sfrontata nella sua stessa mente. Cosa era successo alla donna riservata e cauta che era di solito? Si era già trasformata in Holly?

Sabrina era ancora assorta nei suoi pensieri quando Daniel tornò dalla camera da letto, indossando una giacca abbinata che lo faceva sembrare appena uscito da un servizio fotografico di moda. Perché un mortale poteva avere un aspetto così bello? Gli Dei la stavano prendendo in giro?

«Ti spiego tutto per strada». Daniel le prese il braccio e la condusse alla porta. La sensazione della sua mano sulla pelle nuda le provocò un brivido caldo che le attraversò il corpo.

«Dove stiamo andando?».

«A un ricevimento al Fairmont».

Mentre si dirigevano verso il Fairmont Hotel, che si trovava proprio di fronte al Mark Hopkins, lui le diede altre informazioni.

«Mi accompagnerai a un importante ricevimento di lavoro. Ti presenterò come la mia ragazza». Lui la guardò e sorrise. Camminando accanto a lui, poteva sentire il suo profumo maschile. Era inebriante.

«La gente ci crederà? Di sicuro sanno se hai o meno una ragazza».

«Non preoccuparti. Nessuno sa nulla della mia vita privata. Sono tutti conoscenti d'affari. Quindi, ecco il tuo compito per stasera: resta al mio fianco, flirta con me e se ci separiamo e mi vedi parlare con una donna sotto i cinquant'anni, salvami».

«Salvarti?».

Daniel rise dolcemente. «Sì, e questo è il tuo compito più importante per stasera. Non voglio che qualcuna di queste donne single e desiderose di avere una relazione con me pensi di poter... Beh, in ogni caso, se una di loro si avvicina troppo, devi intervenire e chiarire il tuo possesso su di me. Assicurati che sappiano che fai sul serio».

Sabrina rise. «Hai qualche preferenza su come far valere le mie ragioni?». Aveva qualche idea in proposito.

Lo sguardo di Daniel era rovente. «Un tocco intimo fa sempre miracoli, fidati. E anche le giuste parole d'affetto saranno apprezzate».

«Sono sicura di potermi inventare qualcosa».

I suoi occhi si fissarono in quelli di lei. «Sono assolutamente sicuro che puoi farcela».

Alla porta della sala dove si teneva il ricevimento, si fermarono. «Dovrei tenerti la mano quando entriamo».

«Naturalmente».

Quando lui le prese la mano e intrecciò le dita con le sue, un fulmine le attraversò il corpo. Si sorprese di se stessa. Mai il semplice tocco di un uomo aveva avuto un effetto così profondo su di lei.

La sala era affollata. Sabrina stimò che ci fossero più di cento persone ben vestite. I camerieri circolavano con vassoi di tartine e di champagne. Sebbene fossero presenti molte donne, c'era un numero spropositato di uomini in abito scuro, alcuni dei quali sembravano più annoiati di altri. Avvocati, di sicuro. Riconosceva il tipo.

Daniel la trascinò con sé mentre si facevano strada tra la folla fino al fondo della sala. Emanava un'aria di sicurezza e determinazione, come se quello fosse il suo cortile.

«Ah, eccoti qui. Ci chiedevamo quando saresti arrivati». Un distinto signore sulla cinquantina li fermò.

«Martin. È un piacere rivederti». Daniel allungò la mano e strinse quella di Martin.

«Posso presentarti mia moglie? Nancy, questo è Daniel Sinclair, l'uomo che ci sta comprando».

La donna minuta al braccio di Martin sorrise ampiamente e strinse la mano di Daniel. «È un piacere conoscerti finalmente», cinguettò lanciando un'occhiata a Sabrina.

«Anche per me. Immagino che vedrai molto di più Martin una volta concluso l'accordo».

Nancy diede una gomitata nelle costole al marito e alzò gli occhi. «Non ricordarmelo. Mi farà impazzire passando così tanto tempo a casa».

Suo marito le restituì un sorriso affettuoso. «Sta solo scherzando. In realtà, non vede l'ora che io passi più tempo con lei. Ma basta parlare di noi». Gli occhi di Martin si posarono su Sabrina. «Daniel, ci presenti la tua compagna?».

«Le mie scuse. Martin, Nancy, questa è Holly, la mia fidanzata».

Non appena le parole uscirono dalla bocca di Daniel, Sabrina gli lanciò un'occhiata sorpresa, ma si voltò subito verso i loro ospiti e sfoggiò un sorriso affascinante. Perché l'aveva improvvisamente promossa a fidanzata?

Dopo essersi scambiati strette di mano e saluti, iniziarono a fare due chiacchiere.

«Non sembri di New York, Holly», osservò Nancy.

«Non lo sono. Vengo dalla Bay Area».

Martin rivolse a Daniel uno sguardo complice. «Capisco. Quindi la mia azienda non è l'unica *acquisizione* che stai facendo a San Francisco».

Daniel sorrise e si portò la mano di Sabrina alla bocca, dandole un piccolo bacio. «Colpevole».

Il bacio fu inaspettato e fece battere il cuore di Sabrina.

«Tu cosa fai, Holly?» Chiese Nancy.

Quando Daniel sentì la domanda di Nancy, trasalì. Accidenti, non avevano concordato una storia per lei. Guardò Holly, cercando di catturare il suo sguardo, chiedendosi se riuscisse a improvvisare, ma la sua bocca era già in movimento.

«Sono un avvocato».

Tenne gli occhi chiusi per un secondo, come se stesse aspettando lo scoppio di una bomba. Diavolo, si stava dando la zappa sui piedi da sola con un'affermazione del genere. C'erano più avvocati nella stanza che in un convegno legale a Las Vegas. Era un disastro in attesa di accadere.

«Non parliamo di affari, vero?», tagliò corto lui, cercando di salvare la situazione. «Champagne, tesoro?». Fermò un cameriere e prese due bicchieri dal vassoio, porgendogliene uno. Troppo tardi: Nancy aveva già fatto cenno a un uomo di raggiungerli. Daniel lo riconobbe come uno degli avvocati che stavano lavorando all'acquisizione.

«Bob, conosci già Daniel, ma lascia che ti presenti la sua fidanzata, Holly Foster. È un avvocato».

Daniel quasi si strozzò con lo champagne. Come avrebbe reagito la sua bella accompagnatrice? Bob non era mai stato uno che amava le chiacchiere. L'avvocato allampanato parlava solo del suo lavoro.

«Piacere di conoscerti, Holly. Quale scuola?».

«Hastings», rispose senza esitazione.

«Wow, che coincidenza. Classe del '99. Bunburry insegna ancora?».

Bob era nel suo elemento. Perfetto, l'intera

farsa gli si sarebbe ritorta contro nei due minuti successivi. Non poteva almeno scegliere una piccola e oscura scuola da qualche parte nei dintorni, piuttosto che la Hastings School of Law, che anche lui, in quanto forestiero, sapeva essere proprio a San Francisco? Dio, era proprio fregato.

«Finalmente si è ritirato l'anno scorso», risponde Sabrina con sicurezza.

«Era ora».

Un'ipotesi fortunata, pensò Daniel.

Prima che potesse interrompere la conversazione e indirizzarla in un'altra direzione, Martin lo interruppe per presentargli una bellissima rossa.

«Devi conoscere Grace Anderson. Siede praticamente in tutti i consigli di beneficenza della città. Grace, cara, questo è Daniel Sinclair».

Grace soffiò un bacio in direzione di Martin e si fissò subito su Daniel. Aveva già visto quello sguardo. Lo stava valutando una donna che sapeva cosa stava cercando: un marito ricco. Dando un'occhiata indietro, vide che la sua finta fidanzata stava conversando con Bob. Pessimo tempismo.

«Piacere di conoscerla, signora Anderson».

Daniel le strinse la mano e la lasciò andare appena poté.

«Perché così formale? Per favore, chiamami Grace». Il suo sorriso dolce e mieloso era nauseante. Era esattamente quello che aveva cercato di evitare. Si sentiva come una tigre in gabbia, solo un po' meno addomesticata.

«Di quali associazioni di beneficenza fai parte?». Doveva fare conversazione, anche se non aveva alcun interesse a parlare con quella donna. Era la copia carbone di Audrey: superficiale, pretenziosa e alla ricerca di un marito ricco. Era strano come, ora che aveva rotto con Audrey, riuscisse a vederla per quello che era veramente.

Daniel ascoltò a malapena le chiacchiere della donna e cercò invece di concentrarsi sulla conversazione tra Holly e Bob, ma erano troppo lontani perché potesse cogliere qualche frammento nel frastuono delle voci nella stanza.

Si rese conto che Grace aveva smesso di parlare e gli aveva chiesto qualcosa, quando improvvisamente sentì la sua mano sull'avambraccio.

«Non credi?».

Fece un sorriso non impegnativo e si chiese come poter uscire dalle sue grinfie.

«Tesoro», una voce da dietro lo salvò. Si girò con gratitudine quando sentì la mano di Holly sulla schiena. «Bob mi stava raccontando una storia divertentissima su quando studiava legge. Penso che ti piacerà, soprattutto perché ti piace il baseball». Holly lanciò a Grace un'occhiata severa, poi abbassò gli occhi sul punto in cui la sua mano era appoggiata sul suo braccio. «Scusaci. Devo rubare il mio fidanzato per un momento».

Grace ritirò immediatamente la mano come se si fosse scottata.

Holly lo allontanò per evitare che la donna lo sentisse. «Andava bene?».

Daniel si avvicinò a lei di un passo.

«Perfetto», disse e le diede un rapido bacio sulla guancia, ora arrossata. «C'è mancato poco. Non so come facciano queste donne a individuare gli scapoli nel giro di pochi secondi. Stava per piantarmi gli artigli addosso».

«Uno dei suoi artigli era già su di te». Holly ridacchiò dolcemente. «Non ti piacciono molto le donne, eh?».

«No, non è questo. Non mi piacciono molto i cercatori d'oro. Allora, come sei riuscita a sopravvivere a Bob?».

«Tranquillo. Non preoccuparti per me. Posso gestire Bob».

Evidentemente era in grado di farlo. Intuì che lei fosse in grado di gestire anche molte altre cose, forse persino lui. Forse stasera avrebbe potuto avere un assaggio di *come* lei lo avrebbe gestito.

«Vieni, dobbiamo socializzare un po' prima di potercene andare da questo circo». Le prese di nuovo la mano, non che fosse necessario, ma lo voleva. Gli piaceva toccarla.

5

Sabrina si godette la serata. Daniel le presentò molte persone, di cui dimenticò subito il nome mentre passavano ad altre che volevano fare la sua conoscenza.

Da tutte le chiacchiere, aveva capito che Daniel era in città per concludere l'acquisizione di un'azienda e, viste le tante belle donne giovani che volevano incontrarlo, aveva anche capito che era uno degli scapoli più appetibili della città. Non c'era da stupirsi che volesse qualcuno a difenderlo. Fece del suo meglio per spaventare tutte le donne, come lui le aveva chiesto.

Anche se era il suo lavoro per quella sera, le piaceva molto. Le piaceva toccarlo, prendergli la mano, chiamarlo tesoro. Lui l'aveva baciata sulla guancia solo quella volta e lei si era chiesta se l'avrebbe fatto di nuovo. Le sue labbra erano state così calde e tenere e lei aveva iniziato a fantasticare su come sarebbero state le sue labbra su altre parti del suo corpo. Il pensiero la fece arrossire.

Gli sguardi invidiosi che molte giovani donne le rivolsero durante la serata confermarono che non era l'unica a pensare che Daniel fosse desiderabile.

Stranamente, lui non sembrava gradire l'attenzione di quelle donne. La maggior parte delle sue conversazioni si svolgevano con alcuni degli uomini presenti nella stanza ed erano incentrate sugli affari. Ogni volta che gli veniva presentata una donna, soprattutto se non fidanzata, si estraniava dalla conversazione il più rapidamente possibile.

«Holly, tesoro, posso offrirti un altro drink?», disse sorridendo mentre un'altra giovane donna cercava di trascinarlo in una conversazione. Sabrina si allungò per porgergli il suo bicchiere vuoto e, mentre lui glielo tolse di mano e lo posò su un tavolino, le portò la mano alla bocca, baciandole la punta delle dita sotto gli occhi dell'altra donna che si allontanò immediatamente.

«Sei terribile», lo rimproverò Sabrina ridendo, sapendo che aveva deliberatamente mostrato affetto per liberarsi dell'altra donna.

«Non posso farne a meno». Daniel le fece l'occhiolino.

«Mai sentito parlare di autocontrollo?».

«Impossibile da mantenere in presenza di una bella donna». La trascinò con sé per fare altre presentazioni.

Più tardi, lei e Daniel erano in piedi accanto a una bellissima composizione di fiori colorati a un'estremità della grande sala. Quando passò un cameriere, Sabrina prese un'altra tartina dal vassoio e la divorò. Aveva smesso di contare quante deliziose tartine aveva già divorato e non le importava. Che importanza aveva se avesse preso un altro chilo? Non è che qualcuno l'avrebbe vista nuda a breve.

Daniel le sorrise brevemente e continuò la sua conversazione con Martin mentre sua moglie continuava a raccontarle quali viaggi lei e suo marito avevano programmato dopo la conclusione dell'affare.

Sabrina ascoltò educatamente fino a quando, all'improvviso, il suo naso iniziò a contrarsi in modo fastidioso. Cercò di trattenere uno starnuto, ma troppo tardi.

«Salute!» dissero tutti e tre all'unisono.

«Allergia», rispose Sabrina scusandosi e indicando i fiori mentre rovistava nella borsetta per trovare il fazzoletto. Quando lo tirò fuori per pulirsi il naso, qualcosa di piccolo e squadrato cadde sul tavolino che ospitava la composizione floreale.

La sua testa scattò nella sua direzione, così come quella di tutti gli altri.

Oh, no! Uno dei preservativi che aveva infilato nella borsa si era impigliato nel fazzoletto ed era caduto. Immediatamente, la mano di Daniel si avvicinò elegantemente, catturò il troiano errante e lo mise nella tasca della giacca come se stesse raccogliendo la carta di una caramella.

Sabrina colse il suo sguardo. Oddio, lo aveva messo in imbarazzo. Le sue guance diventarono rosse. Oh no, era furioso!

«Credo che si stia facendo tardi. Io e Holly dovremmo tornare indietro. Mi aspetta una giornata impegnativa», disse bruscamente Daniel a Martin.

Sì, lo aveva messo in imbarazzo e ora voleva andarsene. Sia Martin che Nancy avevano chiaramente visto il preservativo ma erano stati abbastanza educati da non fare commenti. Sabrina sperava che il terreno davanti a lei si aprisse per poter scomparire, ma invece sentì la mano di Daniel sulla sua schiena.

«Andiamo, tesoro?». La sua voce era dolce come prima. Era evidentemente allenato all'autocontrollo, a tenere a bada la sua rabbia mentre erano in presenza dei loro ospiti.

Si sentiva stordita quando salutarono e Daniel la condusse fuori dalla sala in direzione del Mark Hopkins Hotel.

Aveva fatto un casino. Misty ne sarebbe stata informata e Holly si sarebbe trovata nei guai. Invece di salvare il culo di Holly, era riuscita a metterla ancora più nei guai. Doveva cercare di recuperare quello che poteva, per il bene di Holly.

«Mi dispiace tanto».

Daniel la condusse attraverso l'atrio del Mark Hopkins in cui erano appena entrati. «Scusa?».

«Non volevo metterti in imbarazzo. È stato un incidente». Sperava che lui potesse sentire la sincerità della sua voce.

«Mettermi in imbarazzo?». Sembrava improvvisamente divertito mentre premeva il pulsante dell'ascensore.

«Sì, mi dispiace tanto. Non era mia intenzione. Avrei dovuto fare più attenzione». Non era tagliata per fare la escort. Qualcosa doveva andare storto e così era stato.

L'ascensore era vuoto quando entrarono. Non appena la porta si chiuse, Daniel si voltò verso di lei. «Non mi hai messo in imbarazzo. Al contrario».

«Ma allora perché ce ne siamo andati così all'improvviso?».

Lasciò che il suo sguardo vagasse sul suo

corpo. «Perché mi viene in mente qualcosa di molto meglio da fare per il resto della serata che stare a un noioso ricevimento».

Daniel fece un passo verso di lei e appoggiò il palmo della mano sulla parete dietro di lei. La sua testa era a pochi centimetri dalla sua e i suoi occhi erano fissi nei suoi. Poteva sentire il suo profumo maschile, una leggera miscela di colonia e uomo, e il suo stomaco si contorse in piccoli nodi.

«Oh». La consapevolezza le inondò le vene. La vicinanza del suo corpo ridusse il suo cervello alla consistenza di un porridge.

«Devi aiutarmi, Holly, ma non sono mai stato con una escort prima d'ora, quindi non so quale sia il protocollo». Lei sentì il suo respiro sul viso mentre le parlava a bassa voce.

«Protocollo?», rispose lei senza fiato, consapevole del fatto che il corpo di lui stava praticamente toccando il suo. Era schiacciata contro il muro senza poter andare da nessuna parte.

«Sì. Non lo so, ma... baci?». Gli occhi di lui

erano puntati sulle sue labbra. Se fossero stati dei laser, l'avrebbero bruciata in pochi secondi.

«Sì».

La sua mano si avvicinò alla mascella di lei, accarezzandola pigramente con il pollice. Il suo tocco era elettrizzante. Istintivamente, la lingua di lei si allungò per inumidire le labbra e se lui aspettava un segno da lei, questo era il momento giusto. Daniel sfiorò leggermente le sue labbra e un lieve sospiro le sfuggì dalla bocca. Poi, con un movimento deciso, le catturò completamente la bocca, chiedendo la sua resa.

Le sue labbra si avvicinarono alle sue, succhiandole il labbro inferiore e tirandolo in bocca, dove lo percorse con la sua lingua umida. La mordicchiò delicatamente finché lei non schiuse le labbra, invitando la sua lingua a penetrare dentro di lei, aspettandolo.

La sua mano andò alla nuca di lui per tirarlo più vicino, ma lui non riuscì ad avvicinarsi più di quanto non fosse già. Il suo corpo schiacciò il suo contro la parete dell'ascensore, lasciandole a malapena lo spazio per respirare. Ma a Sabrina non importava. Chi aveva bisogno di ossigeno quando poteva inalare il suo profumo?

Daniel aveva il sapore di una doccia fresca nel bel mezzo di una foresta pluviale, legnoso, vibrante, eppure così scuro, con strati su strati di tesori nascosti. E ad ogni rotazione della sua lingua, rilasciava un altro sapore, facendole venire il desiderio di catturargli la lingua con la sua e di imprigionarlo dentro di sé.

Stava baciando una escort, una prostituta. Probabilmente aveva perso la testa e sapeva esattamente quando era successo. Quando lei aveva fatto cadere accidentalmente il preservativo, lui aveva capito che quello per cui aveva pagato non era solo avere una finta fidanzata al ricevimento. Evidentemente la sua agenzia le aveva detto di aspettarsi del sesso.

Chi era lui per deluderla?

Il sapore della sua bocca lo inebriò. Approfondì il bacio, saccheggiando la sua bocca e giocando con la sua lingua reattiva. Ogni volta che lei gemeva, il suono si riverberava nel suo petto e lo riempiva di impazienza per quello che stava per succedere.

Holly era in grado di eccitarlo come nessun'altra donna era mai riuscita a fare. Era un tipo da sesso, d'accordo, ma in genere aveva bisogno di più di due secondi di bacio per eccitarsi completamente. Lei era riuscita a eccitarlo solo con lo sguardo che gli aveva rivolto prima di posare le labbra sulle sue.

Sapeva sicuramente cosa stava facendo. Dopotutto, era una professionista. Quello era il suo lavoro, eccitare gli uomini e soddisfarli. Lui poteva pensare a centinaia di modi in cui lei avrebbe potuto soddisfarlo, ma nessuno era prudente in un ascensore d'albergo.

Non appena le porte si aprirono, Daniel la tirò fuori dall'ascensore con sé. La guardò in faccia e vide che le sue guance erano rosse e le sue labbra erano più carnose di prima. Sarebbe tornato a quelle labbra tra qualche secondo. Ma prima doveva portarle nella sua stanza, lontano da occhi indiscreti.

Non appena si lasciarono sbattere la porta alle spalle, Daniel la tirò di nuovo tra le braccia e continuò da dove aveva interrotto nell'ascensore. Quelle labbra deliziose avevano bisogno di più attenzione e lui era fin troppo disposto a dargliela. Mise da parte i suoi pensieri sul fatto che lei fosse una escort. In questo momento, non gli importava. Era una donna che lo eccitava più di quanto qualsiasi altra donna lo avesse mai eccitato, e la stava solo baciando.

Non aveva ancora toccato la sua pelle nuda. Non aveva ancora baciato i suoi seni. E già era duro come un'asta di ferro e bramava la liberazione. Se una donna era in grado di fargli questo effetto, non gli importava che fosse una escort o meno. Al diavolo le convenzioni.

Daniel le prese i polsi, circondandoli completamente con le mani, e li tirò su ai lati della testa, premendoli contro il muro dietro di lei. Quella donna faceva emergere i suoi istinti più primordiali. Con il corpo premuto contro il muro dietro di lei, sembrava vulnerabile, ma i suoi occhi erano affamati e pieni di desiderio.

Daniel mosse i fianchi contro di lei, rendendola consapevole del suo bisogno. La sua risposta fu un gemito soffocato, come se non volesse ammettere di sentirlo premere contro di lei attraverso il sottile tessuto del vestito.

Invece, la sua testa si mosse verso di lui, implorando un altro bacio. E lui glielo concesse. Come avrebbe potuto non farlo? Holly era piena di fuoco e lui non aveva nulla con cui spegnere l'incendio, ma solo il suo stesso combustibile per alimentare ancora di più le fiamme. Inoltre, non era un pompiere; non aveva il dovere di spegnere un incendio e di certo non aveva intenzione di spegnere quello di Sabrina, almeno non prima di averlo portato al suo ruggente crescendo. E poi ancora.

Daniel cadde sul divano con lei e si abbassò, trascinandola con sé per farla stendere sopra di lui, con le labbra che non lasciavano mai le sue. Avrebbe potuto ubriacarsi del suo sapore. Ubriacarsi pesantemente. Il suo bacio era puro peccato. Si staccò per un secondo.

«Baci tutti gli uomini in questo modo? No. Non rispondere». No, non voleva pensare al fatto che lei facesse quello per vivere, baciare sconosciuti e fare sesso con loro. Non c'era da stupirsi che fosse così brava. Aveva fatto molta pratica.

Sospirò profondamente.

«Va bene così?» Holly chiese all'improvviso mentre lui le lasciava le labbra per un breve momento.

«Va bene? Non credo di poter tornare a baciare una dilettante dopo questo».

«Dilettante?».

«Al contrario di una professionista come te. Nessuno ti ha mai detto che i tuoi baci potrebbero far commettere a un uomo tutti i peccati del mondo?». Ridacchiò dolcemente.

«Ed è una cosa positiva?».

«Oh, sì. È una buona positiva».

Le labbra di lei si arricciarono in un sorriso e lui non poté fare a meno di baciarlo e di assaltare le sue labbra con la bocca. Il bacio divenne sempre più esigente mentre saccheggiava avidamente la sua bocca. La sua mano scivolò verso le morbide curve della sua schiena e strinse il gonfiore del suo sedere, spingendolo più forte contro la sua erezione.

6

Attraverso il sottile tessuto del vestito, Sabrina percepì chiaramente i contorni del corpo di Daniel, compresa la sua massiccia erezione. Era stupita di essere riuscita a eccitarlo così rapidamente. Non si era mai considerata una mangiauomini. Sapeva di essere carina e di avere un fisico decente, ma di certo non era uno schianto come Holly.

Ma quell'uomo la faceva sentire come se fosse la donna più desiderabile del mondo. Non doveva essere il contrario? Come escort, non doveva essere *lei a* sedurre? Invece, sembrava che *lui* stesse cercando di sedurre *lei*. Forse avrebbe dovuto chiedere istruzioni più dettagliate a Holly.

Quell'uomo sapeva come baciare e come e dove toccare una donna per farla sciogliere sotto le sue mani. E non c'era fretta, non c'erano movimenti bruschi, nonostante la fame che lei percepiva in lui. Le permise di godersi il suo tocco e i suoi baci come se anche lui si fosse perso in essi.

«Daniel», mormorò lei. I suoi occhi scuri di passione la guardarono.

«Hmm?» rispose lui, mordicchiandole il labbro inferiore.

«Baci tutte le donne in questo modo?».

«Intendi dire così?», chiese e la baciò come per marchiarla a fuoco prima di lasciarla andare qualche minuto dopo.

«Ah-ah».

«Qual era la domanda?».

«Se baci ogni...».

Lui la interruppe catturando di nuovo la sua bocca e lasciando che la sua lingua scivolasse sulle sue labbra. «Non posso rispondere a nessuna domanda in questo momento. Sono occupato. O preferisci che parliamo invece?».

«No!».

Daniel rise e lei arrossì come una scolaretta. Non aveva idea che le escort potessero trovare reale piacere nel loro lavoro, ma gli era chiaro che a lei piaceva quello che stavano facendo. Non poteva certo fingere le reazioni del proprio corpo al suo tocco. E poi quei gemiti silenziosi e appena accennati che aveva emesso. Quasi impercettibili, come se fossero involontari. La sua reazione sembrava reale e questa consapevolezza alimentava ancora di più il suo desiderio.

«Cosa c'è?».

«Sei bellissima».

Ecco, era arrossita di nuovo. Impossibile da fingere.

«Voglio toccarti».

Lei si sedette, mettendosi a cavalcioni su di lui. Lentamente, le sue mani si diressero dietro la sua schiena per abbassare la cerniera del vestito, ma lui la fermò.

«Posso farlo io?».

Lei lasciò cadere le braccia e annuì in segno di approvazione. Daniel si tirò su a sedere e il suo corpo toccò quello di lei. Mentre le sue mani si muovevano verso la schiena di lei per occuparsi della cerniera, le sue labbra non restarono inattive. Dolcemente, tracciò la sua pelle con la lingua, pizzicandola e sfiorandola con i denti. Lei tremò sotto il suo tocco.

Daniel si fece strada lungo le sue spalle e le spinse le spalline del vestito lungo le braccia. Caddero facilmente, ora che aveva abbassato la cerniera del vestito. Tirò ancora e l'abito le si raccolse in vita. Si spostò indietro per ammirare i suoi seni nudi.

Perfetti. Rotondi e sodi, senza bisogno di reggiseno. I suoi capezzoli rosa scuro erano turgidi. Daniel aveva bisogno di sapere cosa si provava a toccarli e lasciò che la sua mano li sfiorasse.

Lentamente, abbassò la testa finché la sua bocca non si posò su un capezzolo. La sua lingua la percorse con un movimento fluido prima che le sue labbra circondassero il capezzolo indurito e lo succhiassero lentamente.

Il respiro di Sabrina divenne immediatamente più pesante e veloce e lui capì che era eccitata quanto lui. Le sue mani gli passavano tra i capelli e lo tenevano stretto al suo corpo, come se non avesse voluto che lui si fermasse. Lui non lo fece. Voleva tutto quello che lei era disposta a dargli quella sera. L'avrebbe spinta fin dove lei glielo avrebbe permesso, e poi avrebbe chiesto di più.

Daniel sentiva la sua erezione tendersi contro i pantaloni e non era sicuro di quanto sarebbe riuscito a trattenersi, ma non voleva che finisse tutto troppo in fretta. Per quanto ne sapeva, avrebbe avuto solo un atto con lei. E se lei se ne fosse andata subito dopo? No, doveva farlo durare per un po'.

Daniel avrebbe voluto fare altre domande a Tim dopo avergli fornito i dettagli della prenotazione, ma ormai era troppo tardi. Doveva solo assecondare la situazione e sperare di ottenere ciò che voleva. E quello che voleva era Holly, sotto di lui, sopra di lui, davanti a lui, in tutti i modi possibili.

Daniel le massaggiò il seno trascurato mentre continuava a succhiare e mordere delicatamente l'altro, prima di cambiare e infliggere la stessa dolce tortura al secondo. Lei non reprimeva i suoi gemiti e lui assaporava la risposta del suo corpo.

«Oh, Daniel, è così...». Non finì la frase.

«Holly, dimmi cosa vuoi».

I suoi occhi si aprirono di scatto. «Cosa voglio?».

Cosa glielo aveva fatto chiedere? Lei era una escort. Non avrebbe dovuto chiederle cosa voleva. Non era compito di lui dare piacere a lei, ma il contrario. Eppure, voleva soddisfarla. «Sì, voglio sapere cosa ti piace».

«Stai facendo un ottimo lavoro nel lasciarmi senza fiato senza alcuna istruzione». Appena l'ebbe detto, Sabrina voleva rimangiarsi tutto. Come aveva potuto dire qualcosa che la esponeva in quel modo, qualcosa che la rendeva così vulnerabile?

«Sì, ma immagina cosa potrei fare se mi dicessi cosa ti piace davvero». Le rivolse un sorriso maligno.

Daniel Sinclair era decisamente un'altra cosa. Quale uomo assume una escort e poi insiste per farla godere invece di lasciarle fare il lavoro? Cosa diavolo c'era di sbagliato in lui?

Prima che lui potesse riaffondare le labbra sui suoi seni, lei gli prese il viso e lo tirò su.

«Perché?».

«Perché cosa?».

«Perché vuoi sapere cosa mi piace?».

«Perché credo che questa serata sarà molto più divertente se saremo entrambi soddisfatti. Non credi?». I loro sguardi si fissarono l'uno nell'altro. «E poi, a quale uomo non piacerebbe essere considerato il miglior amante che una donna abbia mai avuto? Quindi magari puoi aiutarmi un po'?».

Sabrina rise. Stava facendo un ottimo lavoro finora. Ma non aveva intenzione di dirglielo. Se avesse voluto impegnarsi di più, lo avrebbe lasciato fare.

«È un sì?»

«Pensi che potremmo spostarci...?». Fece un cenno con la testa verso la camera da letto.

«Ogni tuo desiderio è un ordine».

Pochi secondi dopo, Daniel la sollevò e la portò in camera da letto. Ora sarebbe iniziato il vero divertimento, la lenta svestizione, la provocazione, la seduzione. Non che non gli fosse piaciuto baciare Holly, anzi, gli era piaciuto più che con ogni altra donna che avesse mai incontrato. Ma ora lei giaceva sul suo letto, e non si poteva più tornare indietro.

Con i seni nudi esposti ai suoi occhi affamati e i capezzoli induriti, lei lo guardava attraverso le lunghe ciglia scure che proteggevano quegli occhi verdi tentatori. Lo faceva sentire come il lupo che voleva divorare l'agnello, un agnello molto volenteroso.

Lentamente, Daniel si tolse la giacca e la gettò su una sedia vicina. Non gli importava che domani sarebbe stata sgualcita. Non aveva importanza. Aprì la camicia un bottone dopo l'altro mentre lei lo guardava in silenzio, come affascinata dalla semplice azione di un uomo che si spoglia. Quando lasciò cadere la camicia sul pavimento, la sorprese a leccarsi le labbra con la lingua.

Si tolse le scarpe e si lasciò cadere sul letto coprendo il corpo di lei con il suo.

«Ti sono mancato?».

«Mi mancavano le tue labbra».

Non sapeva perché le dicesse cose ridicole, ma gli piaceva il modo in cui lei rispondeva. C'erano una verità e una semplicità nelle sue risposte che lo stupivano. Con lei le cose sembravano semplici, bianche e nere, senza complicazioni. Non c'era nulla di impegnativo in lei. Niente fronzoli, solo pura donna.

Faceva risuonare la sua mascolinità, il suo lato più oscuro e animalesco, le sue vere passioni. Risvegliava il lato di lui che per la maggior parte del tempo era dormiente. Il lato che viveva per la caccia, per soddisfare i suoi desideri carnali. Il suo bisogno di possedere una donna, al cento per cento. E che lei possedesse lui, cosa che non aveva mai permesso a una donna di fare, perché si era sempre trattenuto, non aveva mai dato tutto se stesso. Non aveva mai osato.

Quella volta, tutto ciò che voleva era prendere quella donna, possederla completamente e donarsi a lei senza alcun freno. Quella era la prima volta in cui sarebbe stato al sicuro, al sicuro dalle emozioni che ne sarebbero potute derivare, al sicuro da qualsiasi implicazione futura. Perché il giorno dopo lei se ne sarebbe andata e lui non l'avrebbe più rivista. Ecco perché poteva darle tutto quello che aveva dentro.

«Dimentica chi e cosa sei. Stasera sei solo una donna e io sono un uomo. Questo è tutto ciò che conta».

Negli occhi di lei balenò qualcosa che sembrava accordo o riconoscenza, non ne era sicuro. Quando cercò le sue labbra, Daniel capì che era pronta a tutto. Le mani di lei toccarono la sua schiena liscia, accarezzando la pelle calda. Ovunque lo toccasse, Daniel si sentiva come se si fosse lasciata dietro una scia di lava fusa.

Le fece rotolare su un fianco per alleggerirla del suo peso e per permettere alle sue mani di scivolare intorno al suo corpo. Spingendo il tessuto del vestito più in basso lungo la schiena di Sabrina, fece scivolare le mani sotto di esso per trovare le dolci curve del suo sedere dalla forma perfetta. Le mutandine che indossava erano di semplice cotone, senza pizzo e senza fronzoli. Eppure, così invitanti.

Un leggero gemito le sfuggì dalle labbra mentre lui le abbassava le mutandine di qualche centimetro per lasciarle all'apice delle sue cosce, quel tanto che bastava per esporre i due rigonfiamenti che gli ricordavano Twin Peaks con vista su San Francisco. Ci passò la mano sopra per sentire la morbidezza della sua pelle, che sembrava velluto.

Avrebbe esplorato lentamente e con calma ogni centimetro del suo corpo divino prima di consumarla. Daniel separò le sue labbra da quelle di Sabrina e percepì la sua riluttanza, ma non appena le sue labbra si abbassarono per occuparsi dei suoi seni, lei emise un altro sospiro. Con i denti, le strinse il capezzolo, sentendola fremere sotto di lui, prima di lisciare il punto più tenero con la lingua.

Sapeva come torturare dolcemente una donna, come suscitare reazioni bramose, come farla sussultare di piacere. Daniel le succhiava il seno come un bambino non svezzato, e comunque Holly inarcava ancora la schiena per chiedere di più, spingendo più a fondo il seno nella sua bocca, pretendendo che succhiasse più forte.

«Oh, ti prego, sì!».

Lei lo implorò letteralmente di continuare, affondando le dita nelle sue spalle per tenerlo stretto a sé. Lui le aveva chiesto cosa le piacesse e sembrava che lei avesse trovato la voce per dirglielo. Daniel non era uno che ignorava i suoi desideri e le dedicò le stesse attenzioni sull'altro seno, lasciandole i capezzoli morbidi al tatto.

Ignorò la sua erezione dolorante, che implorava di uscire dai pantaloni. Sapeva che se avesse ceduto, sarebbe finita troppo presto. C'erano troppe cose che voleva fare con lei, quindi soppresse il suo bisogno per il momento. Sarebbe stato ancora più dolce prenderla dopo aver aspettato un po'.

Quello che non poteva più ignorare, però, era l'aroma della sua eccitazione. Abbassando le labbra sul suo ventre, si immerse nel suo profumo invitante, inspirando profondamente. C'era qualcosa di primordiale nel suo profumo, qualcosa di incontaminato e puro. Pura donna, senza giochetti.

Afferrò il suo vestito e lo tirò giù sui fianchi, esponendo completamente il suo corpo a lui, tranne che per la piccola area tra le gambe ancora coperta da un minuscolo lembo di tessuto. Con i denti, tirò il tessuto e lo fece scendere per esporre i riccioli scuri al di sotto. Poi usò le mani per liberarla completamente delle mutandine.

«Oh, Dio, Holly, sei bellissima». Alzò lo sguardo su di lei. I suoi occhi erano socchiusi e le sue labbra aperte. «Devo assaggiarti». Non era una domanda o una richiesta, nemmeno una richiesta. Era solo la dichiarazione di un'azione inevitabile che doveva compiere, come se fosse costretto da un potere superiore. Non appena affondò il viso sul suo centro femminile e si impregnò del suo aroma seducente, capì di essere perduto.

La sua lingua lambì la carne calda e scintillante di lei, leccando l'umidità che fuoriusciva. Con impazienza, lei allargò le gambe per consentirgli un accesso più ravvicinato, ansimando quando lui ripeté quei languidi movimenti. Le sue dita la divaricarono davanti a sé mentre lui continuava avidamente a esplorare ogni angolo e fessura con la lingua.

Holly si contorse e si inarcò sotto la sua bocca e lui mise le mani sotto il suo dolce sedere per spingerla più saldamente verso di lui. Per quella notte, lei era sua.

Si immerse nel calore emanato dal suo centro, bevve della sua umidità e inalò il suo profumo. Sapeva che c'era un altro posto che voleva assaggiare. Aveva lasciato il meglio per ultimo. La sua lingua si spostò verso l'alto, verso il piccolo ma completamente ingrossato fascio di nervi nascosto alla base dei suoi riccioli. Al rallentatore, sfiorò quel punto con la lingua e la sentì subito tremare.

Era più sensibile di un sismografo. Le labbra di Daniel formarono in un sorriso.

«Tesoro, è meglio se ti tieni forte». Era giusto avvertirla in anticipo.

7

Cosa stava cercando di farle Daniel? Sabrina non aveva mai provato nulla di simile. Quell'uomo, praticamente un estraneo, le stava infliggendo la tortura più deliziosa che avesse mai provato. Non aveva idea che il sesso potesse essere così bello e lui era ancora mezzo vestito e non l'aveva ancora penetrata.

Il fatto che fosse completamente nuda tra le braccia di uno splendido sconosciuto, che sembrava essersi messo in testa di darle ogni piacere immaginabile in suo potere, sembrava surreale. Ma era reale, come il respiro caldo di lui che le accarezzava il clitoride, prima che la sua lingua lo colpisse ancora e ancora, in un ritmo antico come il tempo.

Sapeva cosa stava facendo e, se fosse stato un altro uomo, si sarebbe tirata indietro e si sarebbe ritratta di fronte all'intimità della sua azione, ma visto che lui era uno sconosciuto e lei stava fingendo di essere qualcun altro, si lasciò andare e si abbandonò alla sua carezza tentatrice. Si concesse di sentire e non pensare.

La lingua di Daniel era implacabile, ma quando lui la esplorò con le dita infilandone lentamente uno dentro di lei, Sabrina quasi saltò giù dal letto per l'intensa sensazione. Non sentiva un uomo dentro di sé da così tanto tempo. E se il dito di lui poteva creare un'emozione simile in lei, poteva solo immaginare cosa sarebbe successo quando avrebbe finalmente sentito il suo cazzo dentro di lei. Sabrina rabbrividì istintivamente.

Fece scivolare il dito dentro e fuori dalla sua carne umida. Ad ogni movimento, più umidità si accumulava al suo centro, più calore aumentava dentro di lei. Si sentiva come un vulcano pronto a eruttare, pronto a esplodere.

Si sentiva completamente e totalmente vulnerabile e non le importava di esserlo. Lui non le avrebbe fatto del male. Dopo quella notte, non l'avrebbe più rivisto. Non ci sarebbe stato nessun imbarazzo, nessuna possibilità che lui la ferisse. Non avrebbe mai saputo il suo nome.

«Vieni per me, piccola», lo sentì sussurrare.

Le dita di Daniel lavoravano freneticamente. La sua lingua giocava con il suo clitoride e lui conosceva il ritmo giusto per portarla al limite. Sabrina sentì la sua eccitazione crescere e il suo respiro farsi più affannoso. Era giunto il momento di abbandonare il controllo e di consegnarlo a lui, di arrendersi a lui e di fare ciò che le chiedeva.

Quando la lingua di lui tornò a lambire il suo clitoride e il dito colpì contemporaneamente il suo punto G, lei oltrepassò il punto di non ritorno. Come uno tsunami che si sta formando nell'oceano, sentì un leggero formicolio partire dal ventre e incresparsi verso l'esterno, fino a schiantarsi contro l'onda che era partita dalle sue estremità e che si unì in un enorme crescendo, esplodendo nel centro del suo corpo. Scorrendo verso l'esterno, ondata dopo ondata, gli spasmi non si fermavano.

Non c'era fine a quei movimenti involontari, né all'urlo che sentiva nelle orecchie, un urlo di liberazione che proveniva dalla sua stessa gola. Che il suo orgasmo fosse durato secondi o minuti, non era consapevole del tempo e del luogo. Sapeva solo di non aver mai provato nulla di simile. Non si era mai sentita così libera.

Come in una nebbia, sentì Daniel risalire il suo corpo e cullarla contro il suo petto finché il suo corpo non tornò alla normalità. Quando Sabrina riaprì gli occhi, guardò il volto sorridente del suo amante.

«Oh, mio Dio».

«Sono contento che l'antipasto ti sia

piaciuto. Che ne dici di passare alla portata principale?». Era raggiante e spudorato.

Lei scosse lentamente la testa. «Non prima di averti fatto assaggiare *il tuo* antipasto».

Sabrina tirò il bottone dei suoi pantaloni. «Ti voglio nudo, ora».

Non aveva mai visto un uomo liberarsi dei pantaloni e dei boxer così velocemente.

Prima che avesse la possibilità di abbassarsi sul letto, però, lei lo fermò. Daniel stava in piedi proprio davanti al letto, con la sua erezione che sporgeva orgogliosamente davanti a lui. Il suo corpo era perfetto. Il suo ampio petto era privo di peli fino all'ombelico, dove iniziava una piccola scia di peli scuri che conduceva al nido di riccioli che circondava la sua asta.

Il suo ventre era piatto e, anche se non aveva addominali particolarmente scolpiti, era magro e muscoloso, come se si prendesse cura del suo corpo. Si sarebbe assicurata di prendersi cura del suo corpo anche lei quella sera.

«Bellissimo». Sabrina lo ammirò e allungò

la mano per toccarlo. Nonostante la sua durezza, la sua pelle era morbida e la testa della sua enorme asta sembrava di velluto. Lui gemette al primo tocco delle sue dita. Quando Sabrina si inginocchiò davanti a lui sul letto, la sua testa era all'altezza perfetta per quello che voleva fare.

Guardandolo rapidamente in viso, si assicurò che sapesse cosa lo aspettava. Lo sguardo affamato nei suoi occhi le disse che non solo sapeva cosa aveva in mente, ma che non vedeva l'ora.

Si ergeva davanti a lei come un dio greco. E lei lo avrebbe fatto capitolare con la sua lingua e la sua bocca. Lentamente e in modo seducente, si avvicinò a lui finché la sua erezione non fu a meno di un centimetro dalle sue labbra. La sua lingua avviò il primo contatto, lambendo teneramente la punta della sua asta e poi scivolando lungo la sua lunghezza.

Daniel sussultò rumorosamente, facendola sorridere. Sì, poteva farlo sciogliere proprio come lui aveva fatto con lei. E niente poteva impedirle di farlo. Ma lo avrebbe fatto implorare. In quel momento, non desiderava altro che sentirlo implorare che la sua bocca lo seppellisse.

«Ancora?» gli chiese Sabrina.

«Oh, Dio, sì». La sua voce era rauca, non aveva nulla in comune con quella con cui aveva fatto conversazione al ricevimento.

«Ancora?». Non aveva ancora implorato.

«Oh, ti prego, Holly, metti fine alle mie sofferenze!».

Immediatamente, lo leccò dalla punta alla base e viceversa, poi lo prese in bocca e scese lungo il suo cazzo, prendendolo il più profondamente possibile. Lo sentì fremere. Il suo sapore era un po' salato, mescolato a un'essenza primordiale che era tutta sua, qualcosa che non riusciva a descrivere. Sabrina aveva già fatto dei pompini in passato, ma non le era mai piaciuto molto. Quello era diverso.

Sapere che poteva metterlo in ginocchio con un colpo di lingua o con il dolce risucchio delle sue labbra chiuse intorno alla sua erezione, la faceva sentire potente e incredibilmente eccitata. Presto il cazzo pulsante nella sua bocca l'avrebbe riempita e avrebbe fatto oscillare il suo baricentro, e i suoi muscoli si sarebbero stretti intorno a lui per usarlo fino a quando non avrebbe avuto più nulla da dare. Ma per il momento, lei lo avrebbe solo spinto al punto di non riuscire più a ragionare.

Le mani di Daniel si posarono sulle sue spalle, tenendosi in equilibrio mentre dondolava avanti e indietro in sincronia con il suo ritmo. Con gli occhi chiusi e la testa all'indietro, si lasciò andare. Lei faceva in modo di fargli sentire solo ciò che il suo corpo voleva che sentisse, di fargli dimenticare la sua mente, il suo lavoro, i suoi obiettivi e di ricordare solo che era un uomo nelle mani di una bellissima donna.

La sua bocca intorno al suo cazzo duro era calda e umida. La sua lingua giocava con la sua pelle, solleticandolo e stuzzicandolo. Questo non era il tipo di pompino meccanico che aveva ricevuto dalle sue ex fidanzate, no, questo era qualcosa di completamente diverso. Questa era la bocca di una donna, che lo desiderava con ogni fibra del suo corpo.

Holly non si limitava a fare le cose per bene. Dal modo in cui lo succhiava, lo leccava e lo stuzzicava con i denti senza fargli male, lui sapeva che voleva fargli il miglior pompino che avesse mai ricevuto. E ci stava riuscendo. Sabrina tirò più forte, risucchiandolo più a fondo nella sua bocca, e lui si rese conto che non avrebbe potuto resistere ancora a lungo. Era troppo bello.

Daniel non voleva venire nella sua bocca, almeno non la prima volta. Aveva bisogno di essere dentro di lei e di sentire i suoi muscoli stringersi intorno a lui mentre veniva. E aveva bisogno di guardarla negli occhi in quel momento. Aveva bisogno di perdersi in quei bellissimi occhi verdi.

Il modo in cui lei gli succhiava il cazzo lo mandava fuori di testa, e sentì che il suo autocontrollo stava per svanire. Prima che fosse troppo tardi, si sfilò dalla bocca di lei e la tenne indietro, lontano da lui.

«Non avevo finito», si lamentò Sabrina e mise il broncio. Tenera.

«Tesoro, mi stai uccidendo». Portò il suo viso all'altezza del proprio e le baciò le labbra carnose. «Lasciami entrare dentro di te».

Sabrina lo tirò giù sul letto insieme a lei. Lui si fermò a metà del movimento.

«Aspetta».

Lei gli rivolse uno sguardo interrogativo.

«Preservativo». Lui prese la giacca dalla sedia e tirò fuori il preservativo dalla tasca prima di raggiungerla sul letto.

«Posso?» chiese Sabrina indicando il preservativo.

Scosse la testa. Come se fosse potuto sopravvivere al suo tocco. «Non durerò se mi faccio toccare da te in questo momento».

Stava camminando sul filo del rasoio. Da un momento all'altro, poteva perdere il controllo e abbandonarsi alla liberazione, che sentiva così vicina alla superficie. Doveva averla e non poteva aspettare un altro secondo. Daniel si infilò il preservativo e la attirò di nuovo tra le braccia.

Il corpo di lei si modellò perfettamente al

suo, come se fosse stata creata per lui. L'erezione di Daniel sfiorò l'ingresso del corpo di Sabrina, e lui fissò lo sguardo in quello di lei. Mentre scivolava lentamente dentro di lei, centimetro dopo centimetro, si perse nella profondità dei suoi occhi. Doveva guardarla mentre entrava in lei. Doveva vedere la sua reazione, vedere cosa provava.

Quello che vedeva nei suoi occhi era piacere, desiderio e passione. Nessuno poteva fingerli. Le catturò le labbra con le sue e si spinse dentro di lei fino alla base, attraversando il suo corpo come se fosse burro. Holly era più stretta di quanto si aspettasse. Il modo in cui i suoi muscoli gli stringevano il cazzo lo sorprese. Sembrava stretta come una vergine, non come una escort professionista quale era.

Daniel rimase sepolto in lei per alcuni lunghi secondi, senza potersi muovere per paura di perdere il controllo. Infine, sentì che le forze gli tornavano e fu in grado di muoversi dentro di lei. I loro corpi si muovevano in sincronia l'uno con l'altro. Uscì quasi del tutto, e un secondo dopo sbatté di nuovo contro di lei, che rispose alla sua spinta con una reazione uguale e contraria, intensificando il suo movimento.

Stare dentro di lei era come scivolare verso la morbidezza e il calore, ma con la stretta di un guanto troppo piccolo, che accoglieva le sue dimensioni in modo straordinariamente aderente. Come se fosse stata costruita per lui e solo per lui. Ogni volta che lui si tirava fuori, in modo che solo la punta del suo cazzo fosse ancora immersa nel suo calore, lei lo implorava di riempirla di nuovo, e ogni volta lui lo faceva, e lo faceva completamente.

Daniel capì di aver incontrato una degna avversaria quando lei usò il suo peso contro di lui, agganciando la gamba dietro di lui e facendolo girare sulla schiena. Quando si mise a sedere, mantenendo la sua erezione profondamente sepolta dentro di lei, gli rivolse un sorriso voglioso.

La vista del suo corpo nudo a cavalcioni su di lui, con le tette che rimbalzavano ad ogni suo movimento, era al di là del suo controllo. Ogni volta che lei si muoveva verso l'alto e poi di nuovo verso il basso, i suoi fianchi si muovevano per raggiungerla, spingendosi dentro di lei con tutta la forza che la sua posizione gli consentiva. Non era abbastanza. Era vicino al punto di rottura e gli serviva di più.

«Oh, piccola».

Daniel fece voltare entrambi e la girò di nuovo sulla schiena. «Ti prego, vieni con me».

La sua mano si infilò tra i loro corpi trovando il piccolo nodo di piacere che ormai conosceva bene, e lo accarezzò mentre si immergeva in lei più e più volte, seguendo il ritmo dei loro cuori che battevano e dei loro respiri affannosi, fino a quando non sentì finalmente i muscoli di lei stringersi intorno al suo cazzo. Fu perfetto. Gli spasmi di lei accesero il suo stesso rilascio e lui esplose come un vulcano in eruzione.

Quando il loro climax si placò, i loro corpi si fermarono. Respirando a fatica, lui la guardò.

«Sei fantastica», riuscì a borbottare nonostante le poche energie rimaste.

«Anche tu», rantolò lei.

E poi la baciò, pigramente, teneramente, senza pensare a smettere. La sua lingua esplorò la bocca di lei come se non l'avesse mai invasa prima, danzando con lei il timido ballo di due liceali, e si aggrovigliò con la sua controparte in un gioco intricato come un nodo gordiano.

Non c'era nessuna richiesta nel suo bacio, nessuna intenzione di passare a qualcos'altro. Era un mezzo e un fine in sé. Un bacio. Un bacio pieno di tenerezza e apprezzamento, di adorazione e rispetto. Una carezza senza tempo.

Con riluttanza, la liberò dal bacio.

«Oh, mio Dio, cos'era quello?» sussurrò Sabrina senza fiato, con gli occhi fissi nei suoi.

Daniel sorrise. «Il dessert».

8

Era mezzanotte passata e Holly si era rivestita. Mentre lei era in bagno, Daniel recuperò il portafoglio e tirò fuori diverse banconote da cento dollari. Aveva già pagato l'agenzia, ma non gli sembrava abbastanza. Quello che lei gli aveva dato stasera era andato oltre le sue aspettative. Mai prima d'ora era riuscito a perdersi come con lei e mai prima d'ora aveva sentito una donna concedersi così completamente a lui.

Daniel guardò le lenzuola aggrovigliate sul letto, testimoni del loro incontro appassionato. Sabrina gli aveva ricordato il significato di essere vivo. La sua vita era stata consumata dal lavoro e aveva dimenticato come divertirsi, come rilassarsi e come amare. Lei gli aveva mostrato che nella vita c'era altro oltre al lavoro.

Mise i soldi in una busta insieme a un semplice biglietto, la sigillò e la infilò nella borsa di lei, non volendo contaminare il loro addio con lo scambio di denaro.

Sabrina uscì dal bagno, era pronta ad andarsene. Il sesso condiviso le si leggeva su tutto il suo corpo. Sembrava risplendere. In silenzio, lui le mise un braccio intorno alla vita e la condusse alla porta, poi la girò verso di sé e la avvicinò al suo corpo.

Senza dire una parola, cercò le sue labbra e lei accettò con entusiasmo il suo bacio. Un'ultima volta, la sua lingua percorse la sua bocca, visitando i luoghi che ormai conosceva così intimamente. Sentì le mani di lei tra i suoi capelli e gli piacque molto quella sensazione. Era una sensazione troppo bella per fermarsi.

Con riluttanza, si staccò da lei e la guardò negli occhi verdi che sembravano molto più scuri dopo la loro notte di passione.

«È meglio che tu te ne vada prima che ti trascini di nuovo a letto e ti scopi». La sua voce era roca e cupa di desiderio. Era stato un pazzo a lasciarla andare via e lo sapeva.

«Pensavo di averti scopato io», lo prese in giro lei.

«Stessa cosa».

Quando la porta si chiuse alle sue spalle, Daniel si lasciò cadere contro di essa ed espirò profondamente. Lei se n'era andata, ma gli aveva lasciato la consapevolezza di non essere così freddo e indifferente come alcune sue ex ragazze lo avevano accusato di essere. Sentiva chiaramente il fuoco nel suo ventre, il fuoco che lei aveva acceso.

Sabrina barcollò verso l'ascensore, con le gambe ancora tremanti per l'intenso incontro. Aveva cercato di ricomporsi nel bagno di lui, ma senza successo. Era in disordine e i segni del sesso erano chiaramente scritti su tutto il suo corpo: i capelli arruffati, il viso arrossato, i morsi che lui le aveva lasciato sulla pelle, il piacevole ronzio tra le sue gambe, il profumo di Daniel sulla sua pelle.

Era certa che chiunque avesse incontrato sulla strada di casa avrebbe saputo immediatamente che aveva appena fatto il sesso più incredibile della sua vita. Fu sollevata nel vedere che l'ascensore era vuoto, ma temeva il momento in cui avrebbe dovuto attraversare la hall, dove il personale dell'hotel avrebbe sicuramente intuito che era stata nella stanza di un ospite per fare sesso.

Gocce di sudore le imperlarono la fronte. Sabrina aprì la borsa per tirare fuori un fazzoletto e asciugarsi, ma notò subito un oggetto sconosciuto. Tirò fuori la busta, che non c'era prima.

Incuriosita, la aprì. Al suo interno c'erano diverse banconote da cento dollari e un biglietto scritto a mano.

Grazie per la serata stupenda. Daniel.

Sabrina sapeva di non poter accettare i soldi. Non poteva accettare dei soldi per qualcosa che l'aveva fatta sentire di nuovo una vera donna. Nessun uomo le aveva mai dato tanto piacere in vita sua e lei non gli avrebbe permesso di infangare questa sensazione prendendo i suoi soldi. Sì, aveva pagato l'agenzia, ma lei avrebbe detto a Holly di tenersi i soldi. Non voleva un centesimo.

Quello che aveva dato a Daniel quella sera lo aveva dato liberamente, e quello che aveva ricevuto a sua volta da lui era più di quanto si aspettasse di ricevere da qualsiasi uomo, figuriamoci da uno che pensava fosse una escort.

La sua tenerezza, la sua passione, il suo altruismo nel compiacerla erano cose che non aveva mai visto in nessuno degli uomini con cui era uscita. Non riusciva nemmeno a capire perché un uomo che la credeva una escort la trattasse con tanta cura.

Nell'atrio scrisse un biglietto per Daniel, lo infilò in una nuova busta che prese alla reception e vi mise i soldi prima di sigillarla. Fece attenzione affinché il personale della reception non vedesse cosa aveva messo nella busta.

«Potrebbe dare questo al signor Sinclair della 2307 domattina?».

«Certamente, signora», rispose l'uomo alla reception e le prese la busta. La guardò dall'alto in basso e lei si chiese cosa stesse pensando. Era forse una sugar mama che stava pagando il suo gigolò? Neanche lontanamente.

Sabrina uscì rapidamente dall'atrio e salì su un taxi.

Holly la stava aspettando quando tornò a casa. Non appena Sabrina aprì la porta d'ingresso, sentì l'amica chiamarla dal soggiorno.

«Sabrina, va tutto bene?».

Si diresse verso il soggiorno e si fermò sulla porta. Holly era appoggiata sul divano, con un biscotto secco in una mano e una tazza di tè sul tavolino.

«Ti senti meglio?».

Holly rispose con un cenno del capo. «Molto meglio. Ora dimmi, cosa è successo? Non mi aspettavo che rimanessi fuori così a lungo».

Sabrina sorrise timidamente. «È stato

molto carino».

«Cosa? Molto gentile? Pensi di potermi liquidare con un *molto carino*? Voglio tutta la storia».

Holly accarezzò lo spazio accanto a lei sul divano, facendo segno a Sabrina di sedersi.

«Sono davvero stanca. Dovrei andare a letto». La sua resistenza fu accolta da Holly con uno sguardo severo.

«Oh, no, non lo farai. Non fino a quando non mi avrai dato i dettagli».

Sabrina sentì le guance diventare calde. La sua amica sapeva essere terribile quando voleva sapere qualcosa.

«Hai fatto sesso con lui», affermò Holly, affermando l'ovvio. «No, aspetta! Hai fatto del sesso favoloso con lui!».

Sabrina non riuscì a reprimere il suo sorriso.

«Oh mio Dio! Siediti e raccontami tutto».

Raccontò a Holly solo lo stretto necessario e non entrò nei dettagli intimi della sua notte con Daniel. Voleva che quelle cose fossero solo sue, perché sapeva che era tutto ciò che avrebbe avuto, una notte favolosa con un uomo fantastico. Non voleva condividere quell'esperienza, nemmeno con la sua migliore amica.

Era certa che Holly si fosse resa conto che le stava nascondendo qualcosa, ma dopo mezz'ora non le fece più pressione.

Daniel si svegliò dopo il sonno migliore degli ultimi anni. Il sole splendeva nella sua camera da letto, dato che la sera prima aveva dimenticato di chiudere le tende. Invece di saltare immediatamente giù dal letto appena sveglio, come faceva di solito, mise le mani dietro la testa e fissò il soffitto. Poi si guardò intorno nella stanza.

I suoi vestiti erano sparsi sul pavimento. Il profumo di Holly era ancora intorno a lui, sulla sua pelle, sulle sue labbra, sulle lenzuola. I ricordi di quella notte lo avrebbero accompagnato per le settimane successive, fino a quando non avrebbe concluso l'affare e poi avrebbe riorganizzato la sua vita. Aveva riflettuto molto da quando lei se n'era andata.

Sabrina gli aveva ricordato che era un uomo passionale e che aveva bisogno di una donna passionale. Da sua madre aveva ereditato molto di più della sua pelle olivastra. Aveva ereditato anche la sua passione. Ricordava le accese discussioni che lei e suo padre avevano di tanto in tanto. Da adolescente, Daniel si era sempre sentito disgustato quando dopo ogni litigio li vedeva correre in camera da letto e chiudersi la porta alle spalle. Il sesso fra loro era stato tanto passionale quanto le loro liti e Daniel aveva spostato la sua stanza dall'altra parte della casa quando il disturbo che questo gli provocava era diventato troppo forte per lui.

Solo ora capiva cosa stavano passando. Aveva provato la stessa passione in se stesso.

Una volta tornato a New York avrebbe fatto qualcosa, avrebbe cercato una donna che completasse la sua vita. Forse, dopo tutto, avrebbe potuto esaudire uno dei desideri di sua madre: *nipotini*. Ma per il momento, doveva concentrarsi sull'affare.

Dopo una lunga doccia, Daniel si vestì e si diresse verso la hall per raggiungere la sua prima riunione della giornata. Prima che potesse chiedere al portiere di chiamargli un taxi, un dipendente dell'hotel gli batté sulla spalla.

«Signor Sinclair. Questa è stata lasciata per lei ieri sera». L'uomo gli porse una busta. Il suo nome era scritto a mano. La lettera era piuttosto spessa al tatto.

«Grazie». Incuriosito, la aprì e scoprì dei contanti insieme a un biglietto. Lo lesse e si fermò.

Daniel. Mi hai già dato troppo.

Non era firmato. Holly. Aveva rifiutato il suo regalo. Non capiva perché e non aveva tempo per pensarci ora. Doveva andare alla riunione.

Per tutta la mattina non ebbe un solo minuto per riflettere sul biglietto di Holly. Erano state sollevate diverse nuove questioni relative a un requisito che non era ancora stato soddisfatto e lui aveva bisogno di concentrarsi sul problema in questione. Tutto poteva ancora andare a rotoli, se non avesse fatto attenzione. Troppe cose dipendevano da questo accordo.

Daniel fu contento quando arrivò l'ora di pranzo. Aveva organizzato un incontro con Tim in un ristorante del centro. Si erano incontrati la sera in cui lui era arrivato in aereo e si erano già aggiornati sugli ultimi avvenimenti, in particolare sulla rottura con Audrey.

«Sembri esausto, Danny». Tim era l'unico che lo chiamava Danny oltre ai suoi genitori. Con i suoi capelli biondi e arruffati, Tim era il ritratto di un surfista e non assomigliava affatto al mago della finanza che era in realtà.

«Non ho dormito molto». Un sorriso malizioso si posò sulle sue labbra.

Tim capì subito. «Bastardo! Ti sei scopato l'accompagnatrice. Chi l'avrebbe mai detto?».

Daniel si limitò a scrollare le spalle. «Non farne un dramma. Era carina». Era più che carina, ma non aveva intenzione di condividere la sua esperienza, nemmeno con il suo migliore amico.

«Allora, dimmi di più».

«Fatti dare i dettagli da qualcun altro, Tim. Non condivido la mia vita sessuale».

«Hai una vita sessuale con una escort?».

«Argomento chiuso». Cambiò strada. «Grazie per avermi organizzato il meeting con gli avvocati. Li incontrerò domani mattina. Menomale, visto che stiamo incontrando qualche intoppo con alcune clausole».

«Qualcosa di importante?» Tim aveva una mente imprenditoriale acuta quanto quella di Daniel ed era sempre reattivo per porre le questioni giuste.

«Niente che gli avvocati non possano gestire. Ma probabilmente dovrò rimanere un po' più a lungo del previsto».

«A me sembra una buona idea. Ehi, io e alcuni amici andiamo a vedere uno spettacolo stasera. Sono sicuro che possiamo farti avere un biglietto in più. Il cast viene da Londra e...».

«Mi dispiace, non posso. Ho già degli impegni». Non ne aveva, ma stava per crearne uno. Il biglietto che Holly gli aveva lasciato lo aveva incuriosito. Era una escort. Lavorava per soldi, quindi perché non aveva accettato la sua mancia? Quale escort sana di mente avrebbe rifiutato dei soldi in più?

9

Holly aspettava con ansia che Sabrina tornasse a casa.

«Era ora!».

Sabrina le rivolse uno sguardo stupito. Erano solo le sei, il suo solito orario di rientro dal lavoro. «Cosa c'è che non va?». Si mise subito in allarme.

«Ti ha richiesta di nuovo».

Il suo cuore perse un battito. Non aveva bisogno di chiedere chi.

«Per stasera. Devi prepararti subito». Holly era tutta eccitata e saltellava letteralmente in aria.

«Ma... non posso. È stata una cosa di una notte. Non posso continuare a farlo». Per quanto le fosse piaciuta la notte con lui, non poteva continuare a fingere di essere Holly.

«Tesoro, devi farlo. Se mi presento al posto tuo, chiamerà l'agenzia e Misty lo scoprirà. Mi licenzierà. Ti prego. Sono sicura che questa è l'ultima volta. Viene da New York. Tornerà là tra qualche giorno». La voce di Holly era implorante. «Ti ho mai chiesto qualcosa?».

Aveva ragione. Non aveva mai chiesto favori, a parte quello della sera precedente e ora questo. In realtà, si trattava di un unico favore distribuito su due notti.

Sabrina si sentiva combattuta. Una parte di lei voleva rivedere Daniel e continuare da dove si erano interrotti, l'altra aveva paura delle conseguenze. Non poteva farsi coinvolgere da lui, non da un uomo che andava a letto con le escort, beh, ok, finte escort.

«Holly, per favore. Non funzionerà».

«Ti è piaciuto. Hai detto che il sesso è

stato buono. Quindi, per favore, fallo per me. Solo per stanotte».

Contro il suo buon senso, Sabrina si sentì annuire. «Ma questa è l'ultima volta».

«Promesso».

Un'ora dopo, Sabrina incontrò Daniel nella hall dell'hotel. Era vestito con jeans neri e una camicia casual e sembrava ancora più bello della sera precedente. Quando lei entrò nella hall, lui alzò lo sguardo dal suo giornale e balzò subito in piedi.

In pochi passi, fu lì ad accoglierla. Le prese la mano nella sua.

«Ciao».

«Ciao», rispose lei.

«Spero che tu abbia fame. Ceneremo in un posto vicino a Telegraph Hill».

Sabrina gli rivolse uno sguardo sorpreso. «Stiamo uscendo? Sto interpretando di nuovo la tua fidanzata?».

Daniel scosse la testa. «Usciamo solo noi due». Lasciò scorrere gli occhi sul corpo di lei prima di posarli nuovamente sulle sue labbra. «E torneremo qui più tardi».

Lo sguardo bruciante nei suoi occhi era una promessa che lei gli avrebbe fatto mantenere.

Un taxi li portò a destinazione e per tutto il viaggio Daniel le tenne la mano. Quando la aiutò a scendere dal taxi, il suo corpo sfiorò il suo e lei rabbrividì leggermente. I suoi capezzoli si indurirono immediatamente.

«Ti sono mancato?» le sussurrò all'orecchio, ma non attese la risposta. «Vieni».

Daniel la condusse dentro. Non era quello che Sabrina si aspettava. Non era un ristorante, ma una grande cucina. vi erano riunite diverse altre coppie e tre cuochi vestiti con i consueti abiti da chef.

«Benvenuti alla scuola di cucina di Tante Marie».

Sabrina gli lanciò un'occhiata stupita e lo sorprese a sorridere. «Ho sempre voluto provarlo», le sussurrò. «Sarà divertente».

. . .

Tim gli aveva parlato di quel posto e del fatto che offriva corsi di cucina per coppie. Era così lontano da ciò che Daniel faceva di solito durante un appuntamento che pensò che sarebbe stato perfetto. Voleva fare qualcosa di diverso e voleva conoscere Holly e capire perché aveva rifiutato i suoi soldi. Pensò che l'atmosfera rilassata di un corso di cucina fosse il luogo perfetto per farlo.

Il menu era semplice: insalata, pizza fatta a mano e tiramisù. Abbondanza di vino sia durante la cottura che durante la cena. Abbastanza da sciogliere la lingua a chiunque.

Prima gli chef dimostrarono la preparazione dei piatti, e poi assegnarono i compiti alle diverse coppie, prima di lasciarle libere di svolgerli. Lui e Holly avevano il compito di preparare l'impasto della pizza. Seguendo la ricetta alla lettera, misurarono gli ingredienti, li mescolarono con un cucchiaio in una grande ciotola e poi li svuotarono su una grande tavola di legno.

«Vuoi impastare tu o lo faccio io?», gli chiese Daniel.

«Perché non inizi tu e quando le tue mani si stancano ti do il cambio». Daniel si spostò accanto a lei, osservando ogni sua mossa. Entrambi avevano indossato i grembiuli che la scuola aveva fornito.

Le sue mani eleganti lavoravano l'impasto e lui la guardava affascinato. In silenzio, si mise dietro Sabrina e modellò il suo corpo su quello di lei. Daniel percepì la sua sorpresa, ma lei non si scostò.

Sabrina si adattava perfettamente al suo petto e lui sapeva istintivamente che avrebbe dormito il miglior sonno della sua vita se solo avesse potuto coccolarla e infilare la testa nell'incavo del suo collo. Era questo che voleva, che lei rimanesse con lui per tutta la notte e che si addormentasse accoccolata tra le sue braccia. Più tardi, una volta tornati in albergo, le avrebbe chiesto di restare fino al mattino.

Allungando le mani in avanti, le mise sulle sue e la aiutò a lavorare l'impasto mentre appoggiava la guancia alla sua.

«Perché non hai preso i miei soldi ieri sera?».

Sabrina si irrigidì.

«Te li sei meritati», le assicurò e continuò a muovere le mani di lei con le sue sull'impasto.

«Non c'era bisogno di darmi nulla».

«Perché?».

«Era già più che sufficiente».

«Cosa era più che sufficiente?».

«Quello che mi hai dato ieri sera».

Daniel doveva andare a fondo della questione. «I soldi che ho pagato all'agenzia?».

«No, non è quello che intendevo».

«Per favore, Holly. Cosa volevi dire?».

«Nessuno mi ha mai fatto sentire così bene».

Le sue mani si fermarono. «Ma...».

«Nessuno», ripeté lei e girò la testa per guardarlo. «Sei il miglior amante che abbia mai avuto».

Guardando i suoi occhi verdi, le credette. La sua bocca trovò la sua senza pensarci. Si perse in un bacio profondo. Affamato com'era, la divorò, perdendo il senso del tempo e del luogo.

• • •

Quando Sabrina sentì le sue labbra esigenti sulle sue, desiderò che fossero di nuovo nel suo hotel, dove avrebbe potuto strappargli i vestiti di dosso. Era più che eccitata dal suo bacio e sentiva che le sue mutandine si stavano inzuppando della calda umidità che fuoriusciva dal suo centro.

«Ehi, piccioncini, avremo presto l'impasto della pizza?», una voce li distolse dall'abbraccio. La coppia incaricata di preparare i condimenti per la pizza li guardò sorridendo.

Daniel ridacchiò. «Impasto per pizza, in arrivo». Poi le lanciò un'altra occhiata di fuoco e le sussurrò, in modo che solo lei lo sentisse, «Continueremo più tardi».

Sabrina voleva disperatamente sedersi per non far tremare le ginocchia. Come quell'uomo potesse indebolirla in quel modo con soltanto un bacio, non lo capiva.

Il cibo era migliore di quello che avrebbero potuto mangiare in un ristorante a cinque stelle. Si sedettero insieme a un lungo tavolo comune con le altre coppie, chiacchierando, bevendo e complimentandosi a vicenda per le loro abilità culinarie.

Erano impegnati in una conversazione con la coppia seduta di fronte a loro, che si era presentata come Kim e Marcus.

«Voi due siete sposati o fidanzati, giusto?». Kim chiese con curiosità. Suo marito le diede una gomitata nelle costole.

«Non essere così ficcanaso, tesoro».

«Non c'è problema», rispose Daniel. «Allora, cosa te lo fa pensare, Kim?».

«È evidente che non riuscite a tenere le mani lontane l'uno dall'altra, senza offesa. Anche noi eravamo così all'inizio. Ti ricordi, tesoro?». Kim rivolse al marito un'occhiata timida.

«Certo che sì», rispose lui e le diede un bacio umido sul collo.

Lei rise di gusto. «Scusa, Marcus sta evidentemente regredendo a quell'epoca».

Lui brontolò ironicamente. «Dove vi siete conosciuti?».

«Una festa di amici».

«Internet», disse Daniel quasi contemporaneamente.

Sabrina lanciò a Daniel uno sguardo nervoso.

«Voglio dire, stavo per iscrivermi a un servizio di incontri su internet», fece Daniel, facendo marcia indietro.

«Ma poi la mia amica ha organizzato una festa per tutti i suoi amici single», lo aiutò Sabrina.

«E a quella festa avremmo dovuto scrivere le nostre biografie. Sai, come ci saremmo descritti per quel servizio di incontri su internet. Holly mi ha aiutato a scrivere la mia biografia e da cosa è nata cosa».

Un buon salvataggio. Lei gli sorrise e lui ricambiò il sorriso.

«È esilarante», esclamò Kim. «Sono curiosa. Come lo hai descritto?».

Sabrina doveva ancora improvvisare. Ma era più facile di quanto pensasse. Si sarebbe limitata a descriverlo come lo vedeva in quel momento.

«Bell'Adone cerca Dea dell'Amore a cui concedere piaceri carnali in cambio di amore e devozione eterni». Le parole le uscirono facilmente dalle labbra, sorprendendo se stessa.

Colse lo sguardo sbalordito di Daniel.

«Wow!». La voce di Kim giunse dall'altra parte del tavolo.

«E a quel punto mi sono accorto che la mia Dea dell'Amore era seduta proprio accanto a me, così abbiamo lasciato la festa senza iscriverci al servizio di incontri su internet», aggiunse Daniel e lanciandole un altro sguardo affamato.

Dopo aver servito il dessert, la situazione si calmò e lasciarono la scuola, scappando nell'aria fresca della sera.

«Grazie», gli disse Sabrina. «È stato molto divertente. Vieni, ora voglio farti vedere una cosa».

Alzò un sopracciglio. «Cosa vuoi farmi vedere?».

«Una vista favolosa sulla baia, e si trova solo a un isolato da qui». Conosceva una scalinata, nascosta in Green Street, che correva tra diverse case e terminava con una piccola piattaforma panoramica che offriva una vista mozzafiato sulla baia. Salirono la ripida strada e si fermarono a metà.

La scala si trovava alla loro sinistra, ma con sorpresa di Sabrina c'era un cancello di ferro che bloccava l'ingresso.

«Oh, no, è chiusa». Era delusa. Sarebbe stato romantico guardare la città e la baia da lassù. Si girò dall'altra parte. «È un peccato».

Daniel vide il suo sguardo deluso e la tirò indietro. Non ci sarebbero state delusioni stasera. «Cosa ne pensi della violazione di domicilio?».

«Violazione di domicilio? Non lo faresti mai!».

«Perché no?». Si sentì un mascalzone, mentre sorrideva maliziosamente.

«Potrebbero arrestarci!».

«Finché ci rinchiudono nella stessa cella, non mi interessa. Vieni, togliti le scarpe e ti sollevo fino al cancello».

Daniel non avrebbe accettato un no come risposta. Si chinò e le sfilò una scarpa dal piede, poi le fece sollevare l'altra gamba per liberarla dall'altra calzatura. Dato che era già ai suoi piedi, pensò di approfittarne per passarle la lingua dalla caviglia al ginocchio.

Lei sospirò pesantemente e lui le lanciò un'occhiata eloquente. Adorava renderla nervosa e tremante. «Allora, vuoi che ti aiuti a scavalcare il cancello o vuoi che baci ogni centimetro del tuo corpo proprio qui, sotto gli occhi di tutti i passanti?». Le lanciò un'occhiata che le fece capire che aveva tutte le intenzioni di mettere in atto la sua minaccia.

«Il cancello», esclamò velocemente.

In pochi secondi, l'aveva aiutata a superare il cancello alto un metro e mezzo e le aveva riconsegnato le scarpe prima di arrampicarsi.

I circa cinquanta gradini conducevano a una piccola piattaforma circondata da balaustre in legno su tre lati e da un muro di contenimento sul retro. C'era anche una panchina per sedersi.

Daniel apprezzava certamente la vista su Alcatraz, sul Bay Bridge e sulle luci della baia, ma quello che gli piaceva ancora di più era il corpo di Holly in piedi di fronte a lui, appoggiato alla ringhiera. Le sue mani le circondarono la vita e la tirarono a sé.

I suoi contorni si adattarono perfettamente al suo petto. «Quante altre persone pensi che potrebbero entrare qui stanotte?».

«Non credo che nessuno sia pazzo come te».

«Bene. Vuol dire che abbiamo un po' di privacy quassù». Sapeva che lei era consapevole di cosa avesse bisogno di privacy, perché un secondo dopo la sua mano si spostò sul suo seno e lo catturò. Con la bocca, prese la spallina del vestito e gliela abbassò lungo la spalla. Il tessuto che le copriva il seno cadde e la sua mano accarezzò la sua pelle nuda.

Mentre le stuzzicava il capezzolo con le dita e lo faceva diventare duro, l'altra mano si infilò sotto la gonna.

«Perché non ti togli queste mutandine?». La sua voce era roca e lui premette la sua crescente erezione contro di lei. Daniel sapeva che quello che stavano facendo era una follia, ma lei non lo fermò. Stare all'aperto con lei, toccarla in quel modo lo faceva eccitare più di un sedicenne liceale che scopre la rivista Playboy.

Non appena Holly si tolse le mutandine, lui le prese e le mise nella tasca dei jeans. «Le riavrai in albergo». Forse. Ma molto probabilmente no. Come un guerriero indiano conserva uno scalpo, lui avrebbe conservato le sue mutandine.

«Non dovremmo farlo qui». La protesta di Sabrina fu appena accennata e lui la ignorò.

Lui era ancora in piedi dietro di lei. «Niente urla questa volta, per quanto mi piaccia sentirle», la ammonì. Dio, quanto gli era piaciuto l'urlo che aveva emesso quando l'aveva portata al culmine per la prima volta la sera prima. Grezzo e selvaggio. Pieno di vita, pieno di passione.

Daniel si mise in ginocchio dietro di lei e le sollevò il vestito per ammirare il sedere più bello che avesse mai avuto il piacere di toccare. Le sue mani accarezzarono delicatamente la pelle morbida di Sabrina. In pochi secondi sentì la pelle d'oca e un sospiro sommesso sfuggire dalle labbra di lei.

Le sfiorò la pelle con le labbra e leccò le sue natiche, stringendole delicatamente con le mani.

«Oh, Daniel».

«Sì, piccola?».

«Sei pazzo».

Una mano si infilò tra le sue cosce e si diresse verso il suo centro caldo. Le sue dita scivolarono lungo le pieghe familiari della sua carne umida prima di trovare il suo ingresso invitante. Troppo impaziente per aspettare, affondò un dito dentro di lei.

«*Non farlo* sarebbe da pazzi», la corresse Daniel.

Lei sussultò per la forza della sua penetrazione. Lui continuò a baciarle il sedere, mentre continuava a muovere il dito avanti e indietro, entrando e uscendo dalla sua carne soda. Poi aggiunse un secondo dito, intensificando la sensazione e continuando a scivolare dentro e fuori di lei.

La sua erezione si tese contro i pantaloni, con la cerniera che mordeva dolorosamente la sua lunghezza. Quella sera lo aveva fatto eccitare come non gli capitava da tempo e non vedeva l'ora di essere dentro di lei. Il profumo della sua eccitazione, la sensazione del suo dolce sedere sulle sue labbra e sulla sua lingua, i suoi gemiti, lo avevano fatto scatenare. Troppe sensazioni da sopportare per un solo uomo.

Daniel si sollevò in posizione eretta dietro di lei e lasciò che le sue dita scivolassero fuori da lei. Si slacciò i jeans e tirò giù la cerniera, abbassando i pantaloni alle cosce. Poi fu la volta dei boxer. Infine estrasse un preservativo dalla tasca e lo infilò rapidamente.

«Non posso più aspettare, piccola». La inclinò in avanti e allineò la sua asta alla sua fica. «Devo averti adesso».

Una spinta potente e fu sepolto dentro di lei.

«Oh, sì», la sentì sussurrare. Bene, non le aveva fatto male con la sua impazienza.

«Mi sarebbe piaciuto buttarti sul tavolo della cucina e appiattire l'impasto della pizza con il tuo corpo».

«Credo che ci avrebbero buttato fuori».

«Mmm hmm». Daniel si tirò fuori e si tuffò di nuovo in lei. E ancora. Le sue spinte si susseguivano una dopo l'altra, mentre lui si aggrappava ai suoi fianchi per impedirle di muoversi. Lei si appoggiò alla ringhiera per accoglierlo senza crollare.

Daniel guardò la sua asta scivolare avanti e indietro tra le sue gambe. Il calore del suo corpo e la morbidezza della sua carne lo inebriavano.

«Piccola, non riesco a fermarmi».

«Allora non farlo».

La sua voce di seta nelle orecchie aumentava la sua eccitazione. Era all'aperto, sotto le stelle e si stava immergendo nella donna più sexy che avesse mai incontrato. Non c'era niente di meglio. A Daniel non importava se qualcuno li avesse visti. Se lo avessero fatto, sarebbero stati invidiosi di lui per aver potuto fare sua una donna così bella.

Il corpo di Sabrina si adattava perfettamente al suo e il modo in cui i suoi muscoli lo stringevano così forte dentro di lei lo faceva impazzire di piacere. La sua mano si avvicinò ai contorni del suo culo perfetto e lo accarezzò.

«Daniel».

Sentirla sussurrare il suo nome lo fece impazzire. Non riuscì più a trattenere la sua liberazione. Era rimasto in bilico sul filo del rasoio, ma ora lo superò, o meglio, si buttò. Si stava dirigendo verso l'abisso e non c'era sensazione migliore che lasciarsi cadere. Il suo corpo si fletté e l'orgasmo lo attraversò come una potente corrente elettrica, accendendo ogni cellula del suo corpo mentre rilasciava il suo seme.

Respirando pesantemente, Daniel la strinse forte a sé. Non voleva lasciare il suo corpo, che gli sembrava un rifugio.

«Mi dispiace, Holly. Mi dispiace tanto». Sapeva che non era venuta, ma non era riuscito a resistere oltre. Era arrabbiato con se stesso.

«Per cosa?». Lei sembrava ignara del suo tormento.

Si tirò fuori da lei, si liberò del preservativo e si tirò su velocemente i boxer e i jeans prima di girarla e tirarla di nuovo tra le braccia.

«Sono stato egoista».

Daniel la prese in braccio e la portò alla panchina. Quando si abbassò per sedersi, la tenne in grembo. «Ora è il tuo turno». La sua mano si infilò sotto il vestito, accarezzandole l'interno coscia.

Sabrina gli impedì di salire con le mani lungo la coscia.

«Non sei obbligato a farlo». Era la sua accompagnatrice, non la sua ragazza. Non era necessario che lui la soddisfacesse sessualmente.

Lui le rivolse uno sguardo serio. «Ok, Holly. Sputa il rospo. Perché non vuoi che ti dia piacere? Pensavo ti piacesse». Daniel sembrava decisamente infastidito da lei.

Oh, dannazione. Stava sbagliando di nuovo. «Mi hai assunto perché io possa soddisfarti, non il contrario».

«C'è una regola per cui non mi è permesso darti piacere? L'agenzia ti sta dicendo che non puoi divertirti con me?». I suoi occhi erano penetranti.

«No, ma...».

«Ho pagato per il tuo tempo con me. Ma questo significa anche che sono io a decidere cosa fare. E se decido di passare il tempo a darti piacere, allora è quello che faremo. E se tutto ciò che voglio è darti un orgasmo dopo l'altro, hai intenzione di fermarmi?».

«Ma...».

«Ma cosa? Non ti piace la sensazione di essere toccata? Non ti piacciono le mie mani su di te?».

Sabrina sapeva che la stava provocando e funzionava. «No. Mi piace».

«E poi?».

«Mi fai sciogliere. Non riesco a pensare quando mi tocchi». Stava svelando troppo? Forse avrebbe dovuto tenere la bocca chiusa. Si stava rendendo vulnerabile.

«Allora non pensare. Senti. È tutto ciò che voglio che tu faccia. Hai idea di quanto sia eccitante per un uomo sapere di poter portare una donna all'estasi? Credimi, mi eccito ogni volta che ti tocco. In questo momento sono più eccitato che mai».

Rilasciò la mano di lui che aveva catturato sulla sua coscia. «Ti voglio».

«Bene, perché è quello che avrai. E non ce ne andremo da qui finché non sarai completamente soddisfatta, e sarò io a decidere quando lo sarai veramente». Poi la sua mano continuò il percorso che lei aveva interrotto così bruscamente pochi istanti prima.

10

Non erano soli nell'ascensore mentre salivano al suo piano. Daniel era in piedi dietro Sabrina. Lei guardò la coppia di anziani che fissava la porta dell'ascensore di fronte a lei, dandole le spalle, quando sentì la testa di Daniel avvicinarsi al suo orecchio.

«Vuoi sapere quanto ce l'ho duro sapendo che non indossi le mutandine?», le sussurrò all'orecchio prima di baciarle il collo sensibile.

Dovette tirare fuori il fazzoletto dalla borsa e fingere di soffiarsi il naso per soffocare le risate. Non solo Daniel stava cercando di farle perdere la calma e di metterla in imbarazzo di fronte all'altra coppia, ma ebbe anche l'audacia di farle scivolare la mano sul sedere e di accarezzarla in modo seducente attraverso il tessuto del vestito. Senza le mutandine, sembrava che le stesse accarezzando la pelle nuda.

Ma evidentemente non era abbastanza per lui. Sabrina sentì la sua mano afferrare il tessuto del vestito e tirarlo lentamente su. Un soffio di aria fredda le sfiorò il sedere nudo prima di sentire Daniel premere il suo inguine contro di lei. La sua erezione era impossibile da ignorare.

Da un momento all'altro avrebbe emesso un gemito incontrollato e si sarebbe nascosta nella voragine che si sarebbe spalancata davanti a lei. Fu salvata dall'ascensore che si fermò al piano dell'altra coppia. Non appena la porta si chiuse alle loro spalle, si girò verso di lui.

«Cosa diavolo pensi di fare?».

Daniel rise di gusto. «Stavo solo giocando, piccola. Volevo dimostrare che non stavo mentendo».

Lui le prese la mano e la posò sull'erezione che si tendeva contro la cerniera dei suoi jeans. Lei fece scorrere le dita su e giù per la sua lunghezza, una lunghezza davvero impressionante.

«Posso assaggiarlo?», chiese in modo suggestivo e gli sbatté le lunghe ciglia mentre premeva più forte la mano contro la sua erezione.

Gemette forte. «Oh, Dio, sì».

Più tempo passava con lui, più diventava audace, come se fosse una dipendenza. Il pensiero di trovarsi in un ascensore e proporre a un uomo di succhiargli il cazzo l'avrebbe fatta inorridire due giorni fa. Certo, in camera da letto aveva già fatto dei pompini, ma proporne uno in un ambiente diverso dalla camera da letto era completamente diverso. Non era qualcosa di cui normalmente parlava, tanto meno lo faceva.

Ma eccitarlo con qualche parola sconcia improvvisamente la eccitava.

«Non vedo l'ora di avvolgerlo fra le labbra e di leccarlo con la lingua e di succhiarlo fino a farti venire». Oh mio Dio, si era trasformata in Holly, oppure chi era questa creatura vogliosa che si era impossessata del suo corpo e della sua mente? «E ti terrò nella mia bocca finché non sarai completamente esausto e mi implorerai di avere pietà».

Daniel la spinse contro il muro e premette il suo corpo contro il suo. «Se non la smetti di parlare, ti prendo qui e non mi importa se qualcuno ci vede». I suoi occhi erano scuri di desiderio e di controllo a malapena mantenuto.

Sabrina lo guardò e si leccò le labbra in attesa. Se l'avesse presa proprio lì in ascensore, non si sarebbe opposta. «Avanti. Fallo».

«Dio, Holly, mi stai uccidendo».

Affondò le labbra sulle sue e la lasciò solo quando il suono dell'ascensore si fermò al loro piano. Pochi secondi dopo, aprì la porta della sua stanza, la spinse dentro e la fece sbattere dietro di loro.

Senza una parola, la spinse contro il muro e si lasciò cadere a terra mentre le sollevava il vestito. Meno di un secondo dopo, la bocca

Legittima Accompagnatrice

di lui era stretta tra le sue gambe e la sua lingua leccava la sua fica, assorbendo l'umidità che fuoriusciva da lei. La leccò come se stesse morendo di fame, gemendo nel suo corpo.

«Daniel, come mai a me non fai mai una cosa del genere?». Una voce femminile strappò Sabrina dalla sua beatitudine.

Daniel la lasciò andare all'istante e balzò in piedi. Entrambi rimasero a bocca aperta di fronte alla bellissima rossa, che si trovava davanti alla porta della camera da letto, indossando un rivelatore négligé. Si appoggiò in modo seducente al telaio della porta.

«Audrey, ma che ca...». Daniel sembrava furioso.

Sabrina si rese conto che lui la conosceva. Lui la conosceva. Sua moglie? Fidanzata? Ragazza? Perché aveva pensato che non avesse legami? Non poteva essere vero. Era il suo peggior incubo che si stava concretizzando proprio davanti a lei.

«Beh, è quello che potrei dire anch'io. Ti lascio da solo per un paio di giorni e guarda cosa succede». La sua voce era dolce come lo zucchero.

«Audrey, come sei entrata qui?».

«Dimentichi che il mio nome era sulla prenotazione. Sono venuta a parlare con te».

«Non abbiamo nulla di cui parlare». Ad ogni parola, la sua voce diventava sempre più bassa e rabbiosa, come se riuscisse a malapena a tenere a freno la sua rabbia.

Sabrina si allontanò e si avvicinò alla porta. «È meglio che vada».

Inizialmente pensò che nessuno l'avesse sentita e spinse la maniglia, ma Daniel si girò di scatto verso di lei.

«No, Holly, tu rimani. Audrey se ne va». La sua voce era autoritaria.

«Non posso», disse Sabrina, correndo fuori dalla porta.

«Holly, torna indietro», ruggì la voce di Daniel alle sue spalle, ma lei corse verso l'ascensore, che si aprì miracolosamente. Le porte si chiusero prima che lui potesse raggiungerla.

Nella hall, non le importarono le strane occhiate che il personale le lanciò mentre correva fuori dalla porta. Doveva andarsene. Non era Holly e non era fatta per questo. Aveva promesso a se stessa che non si sarebbe lasciata ferire, ma sapeva di averlo fatto. Doveva andarsene prima che la situazione peggiorasse.

Daniel era solo un altro uomo in cerca di divertimento, che tradiva la moglie o la fidanzata. Probabilmente le aveva mentito quando aveva detto di non essere mai stato con una escort. Molto probabilmente lo faceva a ogni viaggio di lavoro.

Come aveva potuto abbassare la guardia e fidarsi di lui in quel modo con il suo corpo? E cosa ancora peggiore: con il suo cuore. Le sue emozioni l'avevano accompagnata per tutto il viaggio. Non avrebbe mai dovuto cedere a Holly e sostituirsi a lei. Questo non era il suo mondo e ora le sue ferite che lo dimostravano.

Quando Sabrina raggiunse il suo appartamento, corse in camera sua e chiuse la porta prima di lasciar scorrere le lacrime sul suo viso. Holly la conosceva abbastanza bene da lasciarla in pace finché non fosse stata pronta a parlare. Quella volta non avrebbe parlato. Non poteva dire a nessuno della vergogna che provava o del dolore che sentiva nel suo cuore.

Perché aveva lasciato che accadesse? Avrebbe dovuto smettere finché era in tempo. Dopo la prima notte con lui, non sarebbe mai dovuta tornare. Si sentiva come un giocatore d'azzardo a Las Vegas che aveva vinto molto la prima sera e poi era tornato a puntare tutte le sue fiches sul tavolo la sera successiva e aveva perso tutto.

Aveva abbassato la guardia e gli aveva permesso di avvicinarsi, non solo sessualmente, ma soprattutto emotivamente. Forse quella volta non ci sarebbe stato imbarazzo, visto che non l'avrebbe più rivisto, ma questo non diminuiva il dolore che provava. Faceva più male di quello che le era successo alla scuola di legge.

Fu un sollievo quando il sonno finalmente la prese e fermò la sua mente.

La serata di Daniel non era ancora finita. Audrey era in preda a una crisi isterica. Quando si era resa conto che i suoi tentativi di seduzione non avevano dato frutti, aveva tentato la strada delle lacrime. Stavolta non avrebbe funzionato con lui. Tanto valeva parlare con una statua di pietra.

«Non ho intenzione di ascoltare altro. È ora che tu te ne vada». Ne aveva abbastanza di lei. Aveva completamente distrutto la sua serata perfetta con Holly e l'aveva fatta scappare. Non voleva più avere nulla a che fare con Audrey.

«Cosa ha questa piccola sgualdrina che io non ho?», lo provocò.

Daniel le lanciò uno sguardo arrabbiato. «Non è una sgualdrina!».

«Deve esserlo. È la terza notte che passi qui e già viene a letto con te. Solo una puttana lo farebbe!».

«Chi diavolo sei tu per darle della puttana? Sei forse migliore? No, il tuo prezzo è solo più alto. Ma tu apri le gambe per un uomo altrettanto velocemente se ha abbastanza soldi o prestigio e pensi di poterlo convincere a sposarti. Non pensare di poter stare sul tuo piedistallo e guardare dall'alto in basso le altre donne».

L'espressione scioccata di lei gli disse che non si aspettava la sua reazione.

«Quindi non chiamarla puttana! Ha più onestà nel suo dito mignolo di quanta tu ne possa avere in tutto il tuo corpo. E sì, sono andato a letto con lei. E non ho mai fatto sesso migliore in tutta la mia vita. E tornerò subito da lei. Tra me e te è finita nel momento in cui sei saltata nel letto di Judd. Torna subito da lui e vedi se può renderti felice. Perché a me non interessa».

Ormai era furioso. Non solo l'aveva colpito quando Audrey aveva dato della puttana a Holly, ma in quell'istante si era reso conto che non gli importava se fosse una puttana o meno, gli interessava solo riaverla tra le sue braccia. Almeno Holly era onesta nel vendersi, il che era più di quanto si potesse dire di quelle puttane "sociali", che fingevano di essere superiori e potenti ma si vendevano per un'altra moneta: il potere, il prestigio e un marito ricco.

«Vattene!». Daniel scattò e Audrey sembrò finalmente accorgersi della sua rabbia. Sì, doveva temerlo, perché se lo avesse tenuto lontano da Holly ancora a lungo, lui avrebbe dimenticato la sua buona educazione e l'avrebbe buttata fuori dalla sua stanza senza il beneficio di vestiti diversi da quelli che indossava al momento.

Meno di un minuto dopo, aveva preso la sua valigia, si era messa un cappotto sopra la vestaglia e aveva attraversato la porta che lui le aveva tenuto aperta. Non l'aveva mai vista agire così velocemente.

«Te ne pentirai e mi implorerai di tornare da te», sibilò.

Daniel scosse la testa. «Non trattenere il respiro nel frattempo. Ti garantisco che soffocherai».

Lasciò che la porta sbattesse dietro di lei. Era il suono migliore che avesse sentito nell'ultima mezz'ora.

Sul suo Blackberry trovò il numero dell'agenzia e lo compose. Doveva mettersi in contatto con Holly.

Rispose una voce femminile. «Buona sera». Nessun nome.

«Sì, sto cercando di mettermi in contatto con una delle vostre dipendenti. Ci siamo accidentalmente separati questa sera e ho bisogno di... ho bisogno di contattarla per comunicarle la mia posizione». Sperò che sembrasse abbastanza credibile.

«Mi dispiace, signore, ma la politica aziendale prevede che non vengano fornite le informazioni di contatto dei nostri dipendenti. È per la loro protezione, sono sicura che capirà». Era abbastanza amichevole ma decisa.

«Ma questa è davvero un'emergenza. Come ho detto, ci siamo separati e la nostra serata non è ancora finita».

Aveva bisogno di vederla.

«Mi dispiace, signore», ripeté con lo stesso tono. «Posso prendere un messaggio e riferirlo a lei domani mattina».

«Domani mattina?». Inaccettabile. Troppo tardi.

«Sì, signore. Non contattiamo i nostri dipendenti dopo mezzanotte».

«Lasci perdere».

Chiuse la chiamata. Maledetta Audrey! Poteva essere a letto con Holly ora, a fare il sesso più bello della sua vita, e invece era lì, arrabbiato, frustrato e senza un mezzo per contattarla.

Bell'Adone cerca Dea dell'Amore.

Dov'era lei, la sua dea dell'amore? Perché era scappata? Forse la politica aziendale prevedeva che si evitassero le liti con i coniugi o le fidanzate dei clienti. Probabilmente per ogni escort era un istinto di sopravvivenza non mettersi in mezzo tra un cliente e la sua dolce metà arrabbiata.

Diavolo, se solo avesse saputo come contattarla, avrebbero potuto continuare da dove si erano interrotti. Il suo corpo la desiderava. Il suo sapore era ancora sulla sua lingua e non ne aveva avuto abbastanza di lei. Non riusciva a spiegarselo e non voleva analizzarlo, ma sapeva di volerla. E per Dio, l'avrebbe avuta.

Il modo in cui si era sentita tra le sue braccia quando l'aveva fatta venire sulla panchina, e il modo in cui l'aveva baciato dopo, non erano cose che si potevano comprare. No, quello che gli aveva dato non era in vendita. Il modo in cui lo aveva baciato non era dovuto al fatto che lui la stesse pagando. Ne era convinto. Anche Holly lo voleva. Doveva essere così. Doveva essere così e basta.

11

Sabrina fece fatica ad alzarsi e avrebbe voluto darsi malata, ma poi si sarebbe depressa tutto il giorno nell'appartamento e avrebbe pianto ancora. Sapeva che era meglio non permettersi di sprofondare ancora di più nel suo dolore e tirarsi su. Doveva fingere che tutto andasse bene, anche se sapeva che non era così.

Nonostante quello che si era ripromessa, era ferita. Si era innamorata di Daniel. Non sapeva bene quando fosse successo. Forse durante il corso di cucina, quando avevano impastato insieme, o forse quando lui si era trasformato in un criminale e avevano scavalcato il cancello. Non importava quando fosse successo, ma solo che fosse successo.

Ma non era degno di questi sentimenti. Daniel era un traditore, un bugiardo figlio di puttana, non migliore del ragazzo con cui era andata a letto all'università. Come aveva potuto? E per tutto quel tempo era stato così dolce con lei, così premuroso. Questo lo rendeva ancora più uno stronzo.

No, doveva dimenticarsi di lui. Non ne valeva la pena. Doveva andare avanti. E nessuno doveva saperlo, nemmeno Holly. Se Holly avesse scoperto che si era innamorata di lui, avrebbe dato la colpa a se stessa. E non era colpa di Holly. Era colpa sua.

Sabrina si versò una rapida tazza di caffè e la bevve in piedi in cucina. Voleva evitare la sua coinquilina e arrivare presto al lavoro, ma non fu fortunata. Holly l'aveva ovviamente sentita e si era alzata, nonostante fosse troppo presto per lei. Holly non si alzava mai prima delle dieci del mattino.

«Cosa è successo ieri sera?». Holly non aveva bisogno di preliminari quando voleva andare al nocciolo delle cose.

Sabrina evitò il suo sguardo. «Niente. Va tutto bene. Devo andare al lavoro presto. Un caso importante».

Appoggiò la tazza di caffè sul bancone e prese la sua valigetta.

«Sabrina, per favore», insistette Holly.

«Va tutto bene». Si precipitò fuori e lasciò che la porta si chiudesse dietro di lei.

Non aveva un caso importante di cui occuparsi. Non c'era nulla di particolarmente importante ad attenderla al lavoro. Ma almeno poteva darsi da fare e far passare la giornata più velocemente. Quando arrivò al lavoro, l'ambiente era già in fermento come un alveare.

«Che succede, Caroline?» chiese alla receptionist. «Perché sono tutti qui così presto?».

«Non hai sentito? Abbiamo acquisito un cliente molto importante dalla East Coast. Verrà per un incontro tra un'ora».

Sabrina scrollò le spalle. Nessuno le diceva mai nulla e ovviamente non avrebbe lavorato al caso del nuovo cliente, soprattutto se si trattava di un cliente molto importante, come aveva detto Caroline. Nessuno le affidava mai incarichi importanti.

Aprì la porta del suo piccolo ufficio e si immerse in noiose deposizioni che dovevano essere riviste. Tutti la lasciarono in pace. Sembrava che tutti, tranne lei, fossero stati assegnati al nuovo cliente. Perfetto. La sua vita sentimentale era un disastro e la sua carriera non stava andando da nessuna parte.

Il suo interfono suonò. «Hannigan vuole una copia delle deposizioni di Fleming. Le hai, Sabrina?». Sentì dire alla voce di Caroline.

«Ho appena finito di rivederle. Puoi prenderle e copiarle per lui».

«Mi dispiace, non posso. Non mi è permesso lasciare la reception oggi».

«Allora fallo fare a Helen».

«Helen sta lavorando a qualcosa per il nuovo cliente. Mi dispiace, ma non c'è nessun altro che possa copiarle. E Hannigan li vuole subito».

Sabrina sospirò. «Bene. Lo farò io». Ora era persino relegata alle mansioni di segreteria. Fantastico! La giornata stava migliorando di minuto in minuto. Cos'altro poteva andare storto?

Passò davanti alla sala conferenze mentre si dirigeva verso la sala fotocopie. La sala conferenze si trovava a un'estremità del piano e aveva pareti di vetro. Quando avevano ristrutturato l'ufficio, i soci avevano insistito per avere qualcosa di grandioso per impressionare i clienti. La sala conferenze si affacciava sulla città e la parete di vetro tra la sala e l'atrio aumentava la vista.

Tutti i soci, alcuni associati e altri uomini che Sabrina non riusciva a distinguere bene erano accalcati al tavolo da conferenza e parlavano ad alta voce tra di loro, passandosi i documenti. Un gruppo di uomini in giacca e cravatta. Alla fine, sembravano tutti uguali. Non c'era nemmeno una donna tra loro.

Entrò nella sala fotocopie e digitò il codice per iniziare a copiare le deposizioni.

La macchina emise un forte ronzio mentre iniziava il suo lavoro. Annoiata, batté le dita sul pannello di controllo.

«Aspetti qualcosa?». Una voce proveniente dalla porta la fece trasalire.

Si girò alla velocità della luce e vide che Hannigan si era chiuso la porta alle spalle e l'aveva chiusa dall'interno. Immediatamente le si formò un sudore freddo sulla pelle. Oddio, l'aveva ingannata. L'aveva mandata a fare le fotocopie, sapendo che nessuna delle segretarie era disponibile, in modo da intrappolarla lì dentro.

A Sabrina si rivoltò lo stomaco e si sentì male.

«Ho quasi finito qui. Posso portare i documenti nel tuo ufficio». Lei cercò di rimanere calma e di fingere di non sapere cosa lui stesse pensando di fare.

«Non sarà necessario». Tirò fuori la sua lingua disgustosa e si leccò le labbra.

Sentì la bile salire. C'era solo un'uscita da quella stanza e Hannigan la stava bloccando.

«Comunque qui è molto più accogliente. Che ne dici, Sabrina?».

Lui fece un passo verso di lei e lei indietreggiò di scatto.

«Signor Hannigan, le porterò i documenti nel suo ufficio». Cercò di essere il più formale possibile per dirgli che non era il benvenuto.

«Dai, Sabrina, sono sicuro che sotto questo aspetto freddo si nasconde un sacco di passione». Aveva perfettamente ragione, ma la passione che c'era in lei non era destinata a lui, nemmeno se fosse stato l'ultimo uomo sulla terra e il futuro del mondo fosse dipeso dalla loro procreazione.

«Signor Hannigan, devo chiederle di lasciarmi passare. Ho del lavoro da fare». Cercò di tenere sotto controllo il tremolio della voce. Non poteva mostrargli quanto fosse spaventata.

«Ti dico io dov'è il tuo lavoro. È proprio qui». Si afferrò l'inguine.

«Signor Hannigan, devo chiederle di smetterla o...».

«O cosa? Lo dirai ai soci?». Lui rise. «Non mi toccheranno, fidati».

Fece un altro passo verso di lei. Sabrina

indietreggiò contro una pila di carta. Alla sua sinistra c'era la fotocopiatrice, troppo ingombrante per essere aggirata, mentre alla sua destra c'erano diverse casse di carta, ma in pile di circa 30 centimetri di altezza. Sarebbe stato facile scavalcarle.

«Sabrina, posso rendere il tuo lavoro qui facile o difficile. Scegli tu».

Aveva la sensazione che lui non fosse lì per darle una scelta. Era lì per imporle la sua scelta. La sua posizione era piuttosto chiara da dove si trovava lei. O lei cedeva alle sue richieste, o lui si sarebbe imposto su di lei. No, non poteva permettere che accadesse. Doveva andarsene prima che lui la toccasse anche solo con un dito.

Sabrina valutò rapidamente la situazione. Per poter arrivare alle sue spalle e sbloccare la porta, avrebbe dovuto lasciarlo avvicinare. Era rischioso e non solo: il pensiero di farlo avvicinare era disgustoso e le faceva venire voglia di vomitare.

Ma doveva essere fatto. Guardando la porta dietro di lui, forzò un sorriso sulle labbra. Sperava di aver imparato abbastanza da Holly per sapere come ingannarlo e fargli credere che avrebbe avuto la meglio su di lei. Lo vide rilassarsi quando notò il suo sorriso. Lentamente, Hannigan fece un altro passo verso di lei. Era il momento di agire.

12

Daniel guardava fuori dalla finestra della sala conferenze dello studio legale Brand, Freeman & Merriweather. Dietro di lui, gli avvocati discutevano sul modo migliore di gestire l'imprevisto che stava bloccando l'affare. Aveva perso interesse nelle discussioni già da mezz'ora e la sua mente era tornata a Holly. Prima di conoscerla, non aveva mai avuto problemi a mantenere la mente concentrata sugli affari. Questa volta era diverso.

All'improvviso non gli importava più molto dell'accordo a cui aveva lavorato per oltre un anno. Il pensiero di dover partecipare a innumerevoli altre riunioni come quella nei giorni successivi lo faceva sentire esausto e debole.

«Signor Sinclair, che ne dice di chiedere un'obbligazione di un milione di dollari da rilasciare solo se il requisito viene soddisfatto entro la data di scadenza prorogata?». Suggerì il signor Merriweather.

Daniel si girò per considerare la proposta e si bloccò. I suoi occhi si erano spostati verso la reception. Holly - *la sua Holly!* - attraversò una delle porte dell'ufficio per entrare nell'atrio e lo attraversò frettolosamente. Aveva un aspetto diverso. Indossava un abito da lavoro, ma i suoi capelli erano spettinati e il colletto della camicetta era fuori posto. Mentre lei scompariva da un'altra porta, il suo sguardo fu improvvisamente attratto dalla porta da cui era uscita. Si aprì di nuovo e ne uscì un uomo sulla quarantina. Lanciò uno sguardo di sbieco come se non volesse essere notato mentre si infilava la cravatta nel vestito e si aggiustava la giacca. Il suo viso sembrava arrossito.

Dannazione! Oh, Dio, no! Non poteva succedere. Holly era qui per servire un altro cliente.

«Signor Sinclair?». Merriweather gli ricordò che stava ancora aspettando una risposta.

«Certo, facciamolo. Perché non lascio che sia tu a occuparti dei dettagli? Conoscete le mie opinioni. Signori, sapete cosa fare», si scusò.

Daniel si affrettò a uscire dalla stanza, desideroso di raggiungere Holly. Il pensiero che lei fosse stata con un altro uomo era come se un gancio di ferro gli venisse lentamente infilato nelle viscere. Con una lentezza straziante. Dannazione, se avesse lasciato che un altro uomo la toccasse!

La sua ricerca fu infruttuosa. La porta da cui l'aveva vista uscire conduceva direttamente alle scale e, quando raggiunse il piano terra e uscì all'esterno, non la trovò da nessuna parte. Ovviamente sapeva come fuggire velocemente; non che lo avesse visto, ma probabilmente sapeva come allontanarsi senza essere notata nel caso in cui il personale dell'ufficio avesse notato qualcosa.

Le sue mani si chiusero a pugno quando ricordò il volto dell'uomo che era uscito dalla stanza dopo di lei. Il pensiero delle mani di quel porco su di lei gli fece venire voglia di prendere a calci qualcuno, preferibilmente quel porco. Dovette fare appello a tutto il suo autocontrollo per non tornare in ufficio e prender il volto di quel bastardo a pugni fino a ridurlo in poltiglia.

Daniel tirò fuori il cellulare e compose il numero.

«Buongiorno», cinguettò una voce femminile amichevole.

«la signorina Snyder, per favore. Daniel Sinclair».

Gliela passarono immediatamente. «Signor Sinclair, come posso aiutarla?».

«Vorrei prenotare Holly».

«Certamente. In che fascia oraria?».

«In esclusiva a partire da oggi e per tutta la prossima settimana. Non deve avere altri clienti», sbraitò al telefono.

«Signor Sinclair. Questo è molto insolito. Credo che sarebbe meglio discuterne nel mio ufficio».

«Bene».

«Posso riceverla alle 14.00. La mia assistente le darà istruzioni su come arrivare qui».

Lo trasferì di nuovo alla ragazza che aveva risposto al telefono. Dopo che lei gli ebbe dato l'indirizzo, lui la interruppe.

«So dov'è».

A Daniel non importava di sembrare scortese. Non era in vena di essere educato. Sapeva esattamente quale era la sensazione che provava, ma non era pronto a riconoscerla. Era meglio non pensarci.

Si diresse verso uno squallido locale e ordinò un drink al bar. Aveva più di due ore da far passare e, sebbene fosse certo che Tim avrebbe voluto pranzare con lui, non era sicuro di poter affrontare il suo amico fin troppo perspicace in quel momento. Lo avrebbe scrutato e avrebbe capito tutto. E poi? Avrebbe dovuto ammettere a se stesso quello che era successo. No, non era ancora pronto per quello.

Era più facile bere un paio di drink in un bar e fingere di guardare lo sport sulla TV che lo sovrastava. In questo momento, preferiva fare la cosa più semplice. Più tardi sarebbe stato molto più difficile.

Il barista lo guardò come se sapesse cosa gli stava succedendo nella testa. «Vuoi delle noccioline?».

«Certo». Non aveva pranzato e non aveva fame, quindi le noccioline erano una scelta come un'altra.

Quando il barista gli spinse davanti la ciotola di noccioline, Daniel si limitò ad annuire.

«Non si può vivere con loro, non si può vivere senza di loro», disse improvvisamente il barista.

«Ti sembra che abbia voglia di ascoltare dei luoghi comuni?», sbuffò Daniel.

«Non proprio, ma almeno ti ha fatto parlare».

«Chi ha detto che voglio parlare?».

«Mezzogiorno, da solo in un bar, alcolici. Sì, sei qui per parlare. Conosco il tipo».

«Ma che avete? Siete tutti laureati in psicologia?». Irritato, Daniel sbuffò.

«Personalmente no, ma non posso parlare per gli altri colleghi. Allora, cosa ha fatto?» chiese con disinvoltura mentre tirava fuori dalla lavastoviglie un vassoio di bicchieri bagnati.

«Di chi stiamo parlando?».

«La donna che ti porta in un bar a mezzogiorno».

Dio, quel barista era un vero rompiscatole. Forse avrebbe dovuto finire il suo drink e andarsene. Doveva esserci un altro bar nelle vicinanze con un barista meno irritante.

«Perché deve esserci una donna di mezzo se un uomo vuole bere qualcosa?». Non avrebbe ceduto così facilmente.

«C'è sempre una donna. È questo che ci fa andare avanti». Le parole di saggezza rotolarono via dalla sua lingua come un penny su una strada ripida; e valevano altrettanto, Daniel ne era sicuro.

Era pronto a rispondere con sarcasmo, ma

ci pensò su. Non c'era bisogno di sprecare energie. «E allora?».

«Quindi non ti vuole. È così?».

«Nessuno ti ha mai detto quanto siano sgraditi i tuoi consigli?». Daniel buttò giù il resto del suo drink e si alzò. «Tieni». Mise una banconota sul bancone, senza preoccuparsi di aspettare il resto. «E per tua informazione, *sì* che lei mi vuole. E ho intenzione di farglielo capire».

Daniel passeggiò per le strade finché non arrivò il momento di incontrare Misty Snyder, la proprietaria del servizio di escort, o meglio la Signora. Non appena entrò nell'elegante ma spartano ufficio, capì che la Signora manteneva una disciplina ferrea. La receptionist era vestita con un pudico abito da lavoro e indossava poco trucco. C'erano un'area d'attesa e diversi uffici privati.

Nulla lasciava presagire che si trattasse degli uffici di un servizio di escort. Non c'era nulla di osceno. Se qualcuno lo avesse visto nell'area d'attesa, avrebbe pensato che era qui per incontrare il suo commercialista.

Francamente, si aspettava qualcosa di

diverso, qualche fronzolo, qualcosa di esagerato, non l'ufficio ordinato e pulito in cui stava aspettando con impazienza.

«Signor Sinclair», lo salutò una donna di mezza età e gli strinse la mano. Era vestita con un abito da lavoro pudico quanto quello della sua receptionist e portava i capelli in uno chignon morbido. Era attraente, e gli rivolse un sorriso affascinante.

«Signora Snyder».

«Eva, accompagna Holly nella sala conferenze non appena arriva», ordinò alla sua receptionist prima di dirigerlo verso una delle porte. «Prego».

«Holly viene qui?» Chiese Daniel non appena la porta si chiuse alle loro spalle.

«Sì, trovo prudente discutere di prenotazioni così lunghe con i miei dipendenti. Non vogliamo che ci siano malintesi in seguito». Lei gli rivolse uno sguardo serio.

«È molto saggio».

«Soprattutto vista la tua richiesta di esclusività, credo che Holly debba accettare tutte le condizioni. Non credi?».

Daniel capì che lei era curiosa di sapere perché avesse richiesto l'esclusiva, ma non le disse nulla di più di quello che doveva necessariamente dire per concludere l'accordo. Era un negoziatore esperto e sapeva che non doveva scoprire le sue carte. «Sono d'accordo».

«Naturalmente capirai che il costo giornaliero di questa prenotazione sarà più alto di quello che hai pagato per le sue serate. Dal momento che non potremo assegnarla durante il giorno, dovremo tenerne conto».

Misty era un'accorta donna d'affari, lo sapeva. Si stava già posizionando in modo da poter ottenere il prezzo migliore da lui. Se solo avesse saputo che il denaro non era un problema quando si trattava di Holly.

La verità è che non gli importava se lei gli faceva pagare cinque volte la tariffa corrente, purché gli garantisse di poter stare con Holly e che nessun altro uomo le mettesse le mani addosso. E prima questo accadeva, meglio era.

«Naturalmente ci sarà anche una tassa di

cancellazione nel caso in cui decidiate di terminare in anticipo». Misty cercò sul suo volto qualsiasi obiezione alla sua proposta. Non ci sarebbe stata alcuna rescissione anticipata. Quando la fine della settimana si sarebbe avvicinata, avrebbe avuto Holly proprio dove la voleva e...

La porta si aprì, interrompendo i suoi pensieri quando entrò una giovane donna bionda.

«Eva ha detto di entrare subito, scusate».

Misty le fece cenno di entrare e le indicò una sedia. «Siediti, Holly. Sto solo esaminando i termini e le condizioni con il signor Sinclair».

Holly? Daniel sussultò e fissò la donna. Non era Holly. Doveva trattarsi di un errore. Non era la *sua* Holly. La donna bionda lo guardò direttamente come se volesse dirgli qualcosa, ma non disse un'altra parola.

Capendo che c'era qualcosa di sospetto, si rivolse alla signora. «Signora Snyder, le dispiace se parlo con Holly in privato per qualche minuto?».

Misty sollevò le sopracciglia e sembrò

valutare se fosse sicuro lasciarli soli. «Sarò qui fuori».

«Grazie».

Non appena la porta si chiuse alle sue spalle, Daniel si voltò verso la donna bionda.

«Chi diavolo sei e dov'è la vera Holly?».

«Io sono la vera Holly», ha insistito.

«Ascolta, non so che tipo di operazione di adescamento sia questa, ma non prendermi per pazzo. Ho passato le ultime due notti con Holly e quella è la Holly che voglio». Il suo tono era determinato. Se avessero provato a prenderlo in giro, si sarebbe assicurato che se ne sarebbero pentiti in seguito.

La bionda strinse velocemente le palpebre, poi tornò a guardarlo. «Dio, non avevo idea che sarebbe successo. Ero malata la sera in cui dovevo vederti, così ho chiesto a qualcuno di sostituirmi. Misty non lo sa».

Un senso di sollievo lo invase. «Non c'è problema. Dimmi solo come si chiama e la prenoterò. Senza offesa». Doveva abituarsi a chiamarla con un nome diverso, ma questo era l'ultimo dei suoi problemi.

«Beh, questo è un problema».

«Non è un problema. Dirò al tuo capo che ho cambiato idea e poi prenoterò la tua collega».

Holly si spostò a disagio sulla sedia. Si scostò nervosamente i capelli dalle spalle. «Non è una collega».

«Vuoi dire che è di un'altra agenzia?». Daniel stava diventando impaziente. Non voleva perdere tempo qui. Ogni minuto di separazione dalla *sua* Holly significava che qualche viscido avrebbe potuto mettere le mani su di lei.

«Chi è? Vuoi che chiami qui la signora Snyder?». Se doveva minacciarla, lo avrebbe fatto.

Holly alzò la mano per fermarlo. «Mi dispiace, non posso dirtelo».

Daniel si alzò. «È meglio che ne parli con il tuo capo».

«È la mia coinquilina. Non è una escort», lo interruppe Holly.

Le implicazioni delle sue parole non vennero immediatamente recepite da lui. *La sua coinquilina. Non una escort.* Si lasciò cadere sulla sedia.

«Aspetta! Che cosa hai detto?».

«È la mia coinquilina».

«No. Non quello».

«Non è una escort».

«Ma...». Si fermò. «Ma lei era con me. Le ultime due notti».

«Perché ero malata», spiegò Holly. «Misty mi avrebbe licenziato se non avessi accettato la prenotazione, così l'ho convinta a farlo».

Dio, la sua Holly non era una escort. «Non è una escort. È una persona vera?».

«Grazie mille!».

«Scusa, non volevo. Non è una escort. È... Qual è il suo vero nome?».

«Sabrina».

«Sabrina». Si lasciò scivolare il termine dalla lingua e capì subito che le si addiceva molto di più. Poi si ricordò improvvisamente dell'incidente avvenuto nello studio legale.

«Se non è una escort, che diavolo ci faceva con quel porco in ufficio?». Daniel era arrabbiato al solo pensiero.

«Quale porco in quale ufficio?».

«Brand, Freeman & Merriweather. Era lì stamattina ed è uscita dall'ufficio di qualcuno tutta agitata». Rivolse a Holly uno sguardo interrogativo.

«Il porco a cui ti riferisci è Hannigan. La molesta da quando lei ha iniziato a lavorare lì».

La rabbia gli salì dalle viscere e sbatté il pugno sul tavolo. «Prenderò a calci quel bastardo».

«Mettiti in fila. Ho la precedenza su quello stronzo».

Daniel si rilassò sulla sedia. Gli faceva piacere che Sabrina avesse un'amica disposta a battersi per lei. Le rivolse un sorriso. «Sabrina lavora lì?».

Holly annuì. «È un avvocato».

Gli tornò tutto in mente. Al ricevimento era semplicemente tornata a essere se stessa. Non c'è da stupirsi che fosse riuscita a gestire Bob.

«Facoltà di legge di Hastings?».

«Come lo sai?».

«Ne ha parlato al ricevimento a cui l'ho portata. Pensavo che si sarebbe data la zappa sui piedi da sola. Immagino non avessi motivo di preoccuparmi». Fece una pausa, tornando serio. «Holly, dimmi cosa sta succedendo. Non capisco perché l'abbia fatto».

«Perché? Sono molto convincente. Sapeva cosa c'era in gioco per me. Vorrei solo non averle mai chiesto di farlo». Lei gli rivolse uno sguardo serio.

«Cosa vuoi dire? Non stava con nessun altro oltre a me, vero? L'ha già fatto prima?». La rabbia gli ribollì di nuovo dentro. Se qualcun altro l'avesse toccata, sarebbe stato pronto a ucciderlo.

«No! Solo tu. Allora dimmi *tu* una cosa adesso. Perché diavolo stava piangendo a dirotto ieri sera? Cosa le hai fatto?». Holly si spostò in avanti per sottolineare che voleva una risposta.

«Ha pianto? Oddio, sono un idiota». Daniel si passò le mani tra i capelli.

«Ehi, sarò la prima ad essere d'accordo con te se mi darai più dettagli». Holly si sedette, evidentemente pronta per una storia succosa.

«Ieri sera la mia ex ragazza si è presentata in hotel», ha spiegato.

«Oh, cavolo. Non è un buon inizio».

«Non è finita bene neanche per me. Credo che Holly... scusa, Sabrina pensasse che stessi tradendo la mia ragazza con lei. Non sapeva che Audrey è la mia ex. Si è presentata pensando di potermi riavere indietro». Il ricordo lo fece trasalire. Ora capiva perché Sabrina era scappata. Non si trattava di una politica aziendale che prevedeva l'allontanamento dalla linea di tiro tra coppie. Se ne era andata perché si sentiva tradita da lui.

«E, la riprenderai indietro?». Holly voleva sapere.

«Audrey? Neanche fra un milione di anni. Quella donna è assolutamente superficiale ed egocentrica. Purtroppo è riuscita a far credere a Sabrina che stessi ancora con lei. Così lei è scappata via. E da allora non sono più riuscito a contattarla. Ho chiamato l'ufficio ieri sera dopo che se n'è andata, ma non mi hanno dato nessuna informazione». Fece una pausa e la guardò dritto negli occhi. «Devi aiutarmi».

«Aiutarti in cosa?».

«Rivoglio Sabrina». Era diretto. La voleva.

«Scusami, ma non hai sentito quello che ho detto prima? *Non* è una escort».

Daniel afferrò gli avambracci di Holly e la costrinse a guardarlo. «Holly, rivoglio Sabrina. Ho bisogno di lei».

«Sei impazzito? Non è in vendita. Non puoi prenotarla e basta». Lei scosse la testa e si liberò dalla sua presa. «Cosa diavolo vuoi da lei?».

Non poteva rispondere a quella domanda, non se non voleva ammettere a se stesso perché la voleva e perché si arrabbiava ogni volta che pensava che un altro uomo la toccasse.

«Devo dirle la verità su Audrey. Non voglio che pensi che io sia un figlio di puttana traditore. Per favore, devi dirmi dove posso trovarla».

«E farle sapere che sai che non è una escort?».

«Scusa? Ma certo. Chiarirò tutto con lei».

«Col cavolo!»

Quella donna era pazza? Che motivo poteva avere per non dire la verità a Sabrina?

«Se scopre che sai che non è una escort, sarà inorridita».

«Inorridita?» Non aveva idea di cosa Holly stesse parlando.

«Non si fida degli uomini perché troppi stronzi l'hanno trattata male. Prima di te, non faceva sesso da tre anni. Ora finalmente riesco a farle abbandonare le sue inibizioni, e tu distruggerai tutto dicendole che sai che non è una escort. Fantastico!». Holly sbuffò indignata.

«Perché questo dovrebbe distruggere qualcosa?».

«Perché è venuta a letto con te solo perché pensava che non ti avrebbe più rivisto, quindi non avresti potuto farle del male. Inoltre, si sentiva al sicuro perché poteva fingere di essere qualcun altro. Poteva fingere di non essere *lei* a fare sesso con un estraneo. Poteva fingere che fossi *io*».

Poi Daniel ebbe un'illuminazione. «Hai pianificato tutto?». Stupito, la guardò.

«Mi ci è voluto molto tempo. Ho dovuto aspettare l'uomo giusto per lei».

La sua ammissione lo sconvolse. Che

razza di persona avrebbe mandato consapevolmente la sua amica nella tana del leone?

«Non potevi sapere che sarei stato l'uomo giusto. Avresti potuto mandarla con un pervertito. Sei impazzita?». Daniel era furioso.

Holly sospirò impaziente. «Pensi davvero che siamo dei dilettanti? Riceviamo biografie e controlli dettagliati su chiunque ci ingaggi. Fidati, sappiamo con chi abbiamo a che fare. Perché pensi di pagare a peso d'oro per il nostro tempo? Tutto questo lavoro di preparazione deve essere pagato in qualche modo».

«Sapevi chi ero?».

Lei annuì. «Foto, data di nascita, numero di previdenza sociale, voglie, background familiare, pettegolezzi, lavori, investimenti. Quando ho visto la tua foto ho capito che le saresti piaciuto. Diavolo, ci avrei pensato io, ma...».

«Eri malata quella sera», completò sarcasticamente la frase.

«No. Ero sana come un pesce. Ho preso

della roba per farmi vomitare in modo che sembrasse realistico. Altrimenti avrebbe sospettato qualcosa. Quindi, non c'è modo di dirle che ora sai che non è una escort. Non è pronta per questo».

Holly incrociò le braccia davanti al petto, segno evidente che non avrebbe ceduto.

«Bene. Per ora. Ma non le permetterò di continuare a pensare che le ho mentito su Audrey. Ho intenzione di sistemare le cose. Quindi tu, Holly, mi aiuterai lo stesso. Prenoterò Holly per la prossima settimana e *tu* ti assicurerai che *lei* accetti la prenotazione».

«Non puoi dire sul serio!».

«Oh, sono serissimo. Oggi le dirai che da domani mattina sta con me».

«Non sarà mai d'accordo. Pensa che tu le abbia mentito. È ferita».

Non si lasciò dissuadere. «Per questo motivo le darai il mio numero di cellulare e le chiederai di chiamarmi stasera». Scrisse il suo numero su un biglietto e glielo porse. «Dille tutto quello che devi. Dille che se non vuole accettare la prenotazione, dovrà convincermi a disdire con il tuo capo, altrimenti verrai licenziata. Devo parlarle».

Con riluttanza, Holly mise il suo biglietto da visita nella borsa. «Se avessi saputo quanto sei testardo, non le avrei mai chiesto di farlo».

«Sai una cosa, Holly? Se fossi stata tu quella sera, non avrei mai fatto sesso con te. Senza offesa, sei una donna bellissima, ma quella sera non stavo cercando sesso. Avevo solo bisogno di qualcuno che mi tenesse lontano da quelle donne single al ricevimento. Ma quando l'ho vista, tutto è cambiato. E non ho intenzione di lasciarla andare».

«Ricordami di nuovo perché ti sto aiutando».

«Perché vuoi bene alla tua amica», rispose semplicemente. «E perché potrei ancora farti licenziare se lo dicessi al tuo capo».

Daniel si alzò. «Pagherò l'intera cifra esorbitante proposta dal tuo capo, visto che non vogliamo che nessuno si insospettisca. Che tu dia o meno i soldi a Sabrina, per me non ha importanza».

«Non ha accettato i soldi per le prime due notti. Li ha rifiutati categoricamente», ammise Holly.

Lui sorrise e si rilassò. «Lo immaginavo». Non aveva accettato nemmeno la mancia e il pensiero lo soddisfaceva ora che sapeva chi era. Se Sabrina aveva bisogno di fingere di essere una escort per stare con lui, avrebbe accettato, per ora. Finché non fosse riuscito a trovare un modo per far sì che lei si fidasse abbastanza da stare con lui perché lo voleva e non perché lui la pagava.

«Ehi, amico. Un'altra cosa: se le fai del male, verrò a cercarti per prenderti a calci nel sedere». Holly gli rivolse uno sguardo deciso.

Daniel annuì. «Non mi sarei aspettato niente di meno».

13

«No, non lo farò di nuovo», annunciò Sabrina con rabbia. «Ne ho abbastanza. Dovrai andare da Misty e dirglielo». Entrò nella sua stanza e sbatté la porta dietro di sé. Pochi secondi dopo, la porta si riaprì.

«Non posso. Mi licenzierà», ribatté Holly entrando nella stanza. «L'unico modo per uscirne è che tu riesca a fargli cancellare la prenotazione da parte sua».

«E come faccio a farlo?».

Holly le passò un biglietto con un numero. «Chiamalo e digli che non puoi farlo. Digli che lo trovi disgustoso, qualsiasi cosa per farlo disdire».

«Non voglio parlare con lui!».

«Beh, temo che sia l'unico modo per far funzionare le cose».

Sabrina fissò la sua amica. Non capiva perché Holly non potesse stare dalla sua parte. Dopo tutto, l'aveva aiutata a uscire da un guaio, e almeno poteva essere più comprensiva riguardo al suo rifiuto di rivedere Daniel. Poteva inventare qualsiasi scusa con Misty per annullare la prenotazione, ma si rifiutava categoricamente di farlo.

Invece, Holly insisteva sul fatto che fosse Daniel a disdire, in modo da togliersi dai guai. Perfetto.

Sabrina non sapeva perché Daniel volesse ancora vederla. Sua moglie o la sua ragazza non era tornata ieri sera? Come aveva fatto a liberarsi di lei così in fretta? Bastardo bugiardo e traditore!

Aveva voglia di sprofondare nel terreno per la vergogna di quello che avevano fatto la sera prima. Si era lasciata usare da lui.

Idiota! Che faccia tosta che aveva a chiederle una prenotazione a lungo termine dopo tutto quello che aveva fatto. Stronzo!

Era dell'umore giusto per dirgli quello che pensava di lui! Ipocrita e donnaiolo!

Sabrina prese il telefono e poi lanciò un'occhiata tagliente all'amica. «Posso avere un po' di privacy qui?», sbraitò.

Holly uscì immediatamente dalla stanza.

Rispose subito.

«Sono Daniel». La sua voce era calda come la sera prima.

«Sono S... Holly».

«Sono felice che tu mi abbia chiamato».

«Ti chiamo solo per dirti che non posso accettare la prenotazione». Sabrina mantenne la voce ferma. «Quindi, se per favore puoi chiamare la signora Snyder per annullare la prenotazione, te ne sarei grato».

«Credo che dovremmo parlarne».

«Non c'è niente di cui parlare».

«C'è invece. Perché sei scappata ieri?».

Sabrina espirò bruscamente. «Perché? Non mi intrometto tra le coppie. Sarò anche una escort, ma ho i miei standard».

«Non sto più con Audrey».

«Beh, forse non in questo momento, ma tu stai con lei, lo ha detto chiaramente».

«Holly, Audrey e io abbiamo rotto prima che lasciassi New York. Solo che lei non riusciva ad affrontare la verità. Ti prego, lasciami spiegare. Ti prego. Incontriamoci stasera, ti spiegherò tutto e se vorrai ancora che disdica, lo farò».

«Non sono così stupida. Non appena sarò nella tua stanza, mi trascinerai a letto e non ci sarà da parlare. No, grazie».

«Incontriamoci in una caffetteria. Per favore. Ti prometto che se dopo il nostro incontro vorrai che disdica, lo farò».

Sabrina era combattuta. Sapeva che l'incontro con lui non avrebbe portato nulla di buono, ma percepiva anche la determinazione nella sua voce. Non avrebbe accettato di annullare se non avesse avuto la possibilità di dare la sua versione dei fatti.

«Ok».

Gli diede le indicazioni per un caffè nel suo quartiere e riattaccò. Avrebbero dovuto frustrarla per aver accettato di vederlo.

Sabrina aveva scelto la caffetteria dietro l'angolo perché era sempre affollata. Non c'era la possibilità che lui la prendesse alla sprovvista. E di certo non era un luogo intimo. Non c'era un posto dove nascondersi, né angoli bui o nicchie dove poterla incantare con il suo fascino.

Sarebbe arrivata in anticipo per occupare l'area meno riservata della caffetteria. Non gli avrebbe reso la cosa piacevole. Se pensava di poter usare il suo corpo sexy per farle cambiare idea, se la sarebbe cercata.

Sfortunatamente, scoprì che il suo corpo sexy era accompagnato da una mente estremamente acuta, che aveva già anticipato la sua mossa. Non appena arrivò alla caffetteria, con dieci minuti di anticipo, lo vide. Daniel era riuscito ad accaparrarsi l'unico divano del locale. Come ci fosse riuscito, non ne aveva idea, dato che il divano era sempre occupato.

Lui si alzò e la salutò con la mano. Lei si avvicinò a malincuore.

«Vedo che anche tu sei in anticipo». Lui sorrise con consapevolezza e le indicò il posto sul divano accanto a lui. Mentre si sedevano, lei si sentì troppo consapevole del corpo di lui e del suo profumo maschile che permeava l'aria.

«Grazie di essere venuta». Le rivolse uno sguardo sincero. «Mi dispiace per quello che è successo ieri sera».

«Quale parte?», ribatté lei.

«Solo la parte in cui è arrivata Audrey. Tutto il resto era perfetto».

«Oh, ci credo!»

«Vuoi lasciarmi spiegare, per favore? Audrey e io ci siamo frequentati per qualche mese, ma le cose non andavano da nessuna parte. Non ero esattamente il fidanzato più attento o il più romantico. Credo che si sentisse sola e poi questa settimana l'ho trovata a letto con il mio avvocato. Così l'ho lasciata».

«Lei sa che l'hai lasciata? A me non sembrava», intervenne caustica Sabrina.

«Lo sa. Solo che non voleva affrontare la verità. Ha pensato di potermi riavere indietro se avesse tenuto il broncio abbastanza a lungo».

«Allora, ha tenuto il broncio abbastanza a lungo?». Sabrina non osò guardarlo mentre faceva la sua domanda. Con la coda dell'occhio vide che lui scuoteva lentamente la testa.

«Nessun broncio mi farà tornare con lei». In modo del tutto inaspettato, Daniel le prese la mano. «Non ti metterai in mezzo a una coppia. Sono single, non ho una relazione e sono libero di fare ciò che voglio». La costrinse a girarsi verso di lui.

«Perché io? Non puoi prenotare qualcun'altra? L'agenzia ha un sacco di belle donne tra cui puoi scegliere».

Lui si avvicinò di più a lei, mentre Sabrina sprofondava nel suo angolo di divano. Cercò di allontanare la mano, ma lui non la lasciò. «Mi sento a mio agio con te. Mi piacerebbe passare più tempo con te».

«Non credo sia una buona idea. A Misty non piace che entriamo troppo in confidenza con i nostri clienti», mentì Sabrina.

«Misty non sembrava avere problemi quando ho negoziato l'accordo con lei questo pomeriggio». Daniel le portò la mano alla bocca e la baciò teneramente.

Il suo bacio diffuse un'ondata di calore in tutto il corpo di lei. «Non posso farlo. Mi dispiace. Scegli qualcun'altra. Ci sono molte donne che farebbero i salti mortali per fare sesso con te. Ma io non sono una di loro».

«Non sei più interessata a fare sesso con me?». Strinse gli occhi.

«No, non lo sono». Non ricordava di aver mai sentito una bugia più grande uscire dalle sue labbra.

Lui la guardò a lungo. «Va bene».

Bene, finalmente lo aveva convinto che non voleva avere niente a che fare con lui. Ora tutto ciò che doveva fare era cancellare la prenotazione e lei e Holly sarebbero state libere e fuori dai guai.

Sabrina si spostò sul divano per alzarsi, ma il braccio di lui la riportò giù prima ancora che avesse la possibilità di sollevarsi.

«Ho detto va bene, niente sesso. Ma non ho detto che annullerò la prenotazione».

Lei lo guardò, scioccata. Se non voleva

fare sesso, perché assumere una escort? Che problemi aveva quell'uomo? «Come?».

«Mi hai sentito. Sarai tu a decidere quando si tratta di sesso. Se non vuoi venire a letto con me, non ti costringerò. Ma verrai con me nella campagna vinicola questo fine settimana. Ho prenotato un piccolo bed and breakfast per domani sera. E condividerai il mio letto. E mi sarà permesso di baciarti».

Era davvero fregata. Come avrebbe potuto *non* voler fare sesso con lui quando lui insisteva per condividere il letto?

«Sei pazzo».

«Comunque sia, questo è il mio compromesso: passerai il weekend con me, così come le sere e le notti in cui torneremo in città, e dormirai nel mio letto. Non farò alcun tentativo di fare sesso con te, a meno che tu non lo voglia».

Daniel sembrava serio riguardo alla proposta. Ma lei non lo capiva. «Perché dovresti prenotare una escort sapendo che non vuole fare sesso con te? È l'idea più strampalata che abbia mai sentito».

Scrollò le spalle. «Mi piace la tua

compagnia, con o senza sesso». Avvicinò la testa alla sua e le guardò suggestivamente le labbra. «Forse dovresti dire subito sì, prima che io debba usare altri mezzi di persuasione, che potrebbero non essere appropriati per una caffetteria di quartiere».

Sabrina gli lanciò un'occhiata scioccata. «Non lo faresti!». Avrebbe davvero messo in imbarazzo entrambi limonando con lei nel bel mezzo della caffetteria, dove tutti potevano vederli? Non poteva avere in mente di toccarla come l'aveva toccata in passato, quando erano soli.

Guardando il luccichio malizioso nei suoi occhi, capì che non aveva scrupoli. E sapendo che veniva da fuori città, probabilmente non gli importava nemmeno di metterli in imbarazzo. *Lui* non era obbligato a tornare qui giorno dopo giorno per prendere il suo caffè. *Lei* sì.

«Piccola, non hai idea di ciò di cui sono capace».

Le sue labbra sfiorarono leggermente quelle di Sabrina in un bacio appena accennato.

Sabrina sussultò all'istante. «Ok, ma devi mantenere la tua parte dell'accordo. Niente sesso».

«A patto che tu ti attenga al tuo. Condividerai il mio letto e mi permetterai di baciarti».

I secondi passarono, finché lei non fece un cenno di assenso e Daniel si tirò indietro e sorrise. «Sono contento che finalmente siamo d'accordo. Anche se sarebbe stato divertente».

Lei rabbrividì quando vide il suo sorriso provocante, prima che lui scoppiasse in una fragorosa risata.

«Vieni, ti accompagno a casa così so dove venirti a prendere domani mattina».

«No, non è necessario». Era meglio se non sapeva dove abitava. «E poi, è contro la politica aziendale».

«La signora Snyder l'ha autorizzato visto che domani ti porterò fuori città».

Le prese il braccio e la condusse fuori dalla caffetteria.

Quando arrivarono al suo palazzo, lui le prese di nuovo la mano. «Porta degli abiti casual, faremo un tour dei vigneti di Sonoma. E un costume da bagno. C'è una piscina nel posto in cui alloggeremo. Verrò a prenderti alle 9 del mattino».

Le baciò il palmo e le lasciò la mano.

«Daniel», iniziò lei.

Lui la guardò negli occhi. «Cosa?»

Scosse lentamente la testa. No, non poteva dirgli la verità. «Niente. Ci vediamo domani».

«Buona notte».

Quando raggiunse l'appartamento e aprì la porta, Holly la stava aspettando.

«E? Ha intenzione di disdire?», si concentrò subito sulla domanda più importante.

Sabrina scosse la testa. «No, mi viene a prendere domani mattina per andare nella regione vinicola per il fine settimana».

«A te va bene?» Holly chiese dolcemente.

«Penso che dovresti fare scorta di gelato, perché quando se ne andrà e tornerà alla sua vita normale a New York, avrò bisogno di cibo di conforto. Un sacco di cibo di conforto. Holly, sono proprio fregata».

La sua amica la abbracciò immediatamente e la strinse forte. «È così cattivo?».

Sabrina singhiozzò in modo incontrollato sulla spalla dell'amica. «No. Lui è così bravo», si lamentò.

Holly le accarezzò dolcemente i capelli. «Oh, tesoro, cerca di goderti il tempo che hai con lui e forse andrà tutto bene».

Daniel era combattuto se passare la serata con Sabrina, ma non voleva forzarla. Da quel momento in poi doveva procedere con cautela. Doveva fare in modo che lei si fidasse di lui, e sarebbe stato un processo lento.

Trascinarla immediatamente a letto con lui non avrebbe funzionato, per quanto lui volesse farlo. Ecco perché aveva suggerito che fosse lei a proporre il sesso. Forse le avrebbe dato la rete di sicurezza di cui aveva bisogno. Ed era disposto a mantenere la sua parte dell'accordo, per quanto fosse difficile per lui.

Doveva lavorare su una lenta seduzione, senza che lei si accorgesse di quello che stava facendo. Holly aveva ragione, Sabrina si sarebbe spaventata se avesse scoperto troppo presto che tutta la sua farsa era già stata scoperta. Ora si sentiva al sicuro, fingendo di essere qualcun altro, ma come avrebbe reagito quando avrebbe saputo che la sua copertura era saltata? L'unico modo per farla sentire sicura era sostituire la sua copertura con la fiducia.

Daniel sedeva di fronte a Tim mentre cenavano in un piccolo ristorante del quartiere.

«Fammi capire bene. Vuoi conquistare una escort?». Tim sogghignava da un orecchio all'altro.

«Come ti ho già detto, non è una vera escort», corresse l'amico.

«Semantica. Tuttavia, è venuta a letto con te per soldi». Tim si stava chiaramente divertendo a punzecchiarlo e avrebbe continuato fino a quando avrebbe potuto farla franca.

«Non è stata lei a prendere i soldi, ma la sua amica».

«Quindi è venuta a letto con te perché...? Aiutami, Danny».

Si acciglio. «Cosa? Pensi che non possa attrarre una donna senza sborsare soldi? Forse mi ha trovato attraente. È così inverosimile?». Tim stava colpendo tutti i suoi nervi scoperti e lo sapeva.

«Calmati. Ti sto solo prendendo in giro. Certo che ti ha trovato attraente. Diavolo, *io* ti trovo attraente». La voce di Tim era un po' troppo alta per il piccolo ristorante e diverse teste si girarono nella loro direzione.

Daniel sgranò gli occhi e Tim si limitò a ridacchiare. «Rilassati. Siamo a San Francisco. Non importa a nessuno».

«È facile per te dirlo, sei californiano. Io sono di New York, ricordi?».

«Come potrei dimenticarmene? Forse dovresti trasferirti qui. La vita è molto più rilassata. Scommetto che nemmeno tu saresti così rigido qui».

«Non sono rigido», sbottò Daniel indignato. Forse solo un po' rigido.

«Certo che lo sei. Ma credo che l'aria di San Francisco abbia già fatto un buon effetto su di te. Sei in città da pochi giorni ed ecco che esci con una escort. Se non è una liberazione questa, non so cosa possa essere». Tim sorseggiò il suo vino.

«Vuoi smetterla di chiamarla escort? Il suo nome è Sabrina».

«Come farai a presentarla a mamma e papà?». A Tim piaceva riferirsi ai genitori di Daniel come se fossero i suoi.

Daniel rimase a bocca aperta.

«Non guardarmi come se non ci avessi pensato. Ti conosco troppo bene».

«Di che diavolo stai parlando?». Daniel gli rivolse uno sguardo frustrato.

«Quand'è l'ultima volta che ti sei preso un paio di giorni di pausa per andare in vacanza fuori città?».

Daniel aprì la bocca, ma Tim lo fermò.

«Non rispondere, perché conosco la risposta. Non riesci a ricordartelo. Divertente. Per tutto il tempo in cui sei uscito con Audrey non hai mai trascorso un solo weekend di relax con lei. Eppure, all'improvviso, ti prendi un fine settimana libero per portare la piccola e sexy Sabrina nella campagna vinicola, senza che ci sia un incontro di lavoro in vista. Perché mai? Vai avanti, puoi rispondere».

Daniel scosse la testa. «Preferisco ascoltare la tua teoria».

«Molto bene. Perché l'altezzoso e potente Daniel *non-voglio-relazioni-complicate* si è finalmente innamorato di una donna vera. Niente più fidanzate di plastica come Audrey e simili. Congratulazioni, amico mio, spero che anche lei provi lo stesso».

Tim alzò il bicchiere per brindare a Daniel, che rimase seduto lì, sconvolto. In fondo lo sapeva, ma non era stato disposto ad accettarlo, perché gli sembrava impossibile. La rabbia gelosa che aveva provato quando aveva visto Hannigan e aveva pensato che fosse uno dei suoi *clienti* era stata una chiara indicazione dei suoi sentimenti per lei, ma aveva cercato di ignorarla.

Lui, Daniel Sinclair, non si innamorava di

una donna in due giorni, soprattutto non di una che all'epoca credeva fosse una prostituta. Eppure, il fatto che fin da subito l'avesse trattata più come una ragazza a un appuntamento che come una accompagnatrice gli aveva dimostrato che c'era stato qualcosa di speciale fin dall'inizio. Fin dal momento in cui si era affacciata alla porta della sua camera d'albergo.

«Tim, credo di aver bisogno di aiuto». Daniel rivolse all'amico uno sguardo serio. «Non posso permettermi di rovinare tutto. E sto già camminando sul filo del rasoio con lei».

Tim si sfregò le mani. «In questo caso, dovremo escogitare un piccolo piano d'azione». Guardò l'orologio. «Abbiamo circa quattordici ore, un sacco di tempo per mettere insieme un po' di cose. Forza, mangia, non possiamo perdere tempo».

14

Quando il campanello della porta suonò esattamente alle nove, Sabrina sapeva chi era. Prese la sua piccola borsa da viaggio e lanciò un'occhiata a Holly, che era in piedi davanti alla porta della sua camera da letto e si strofinava gli occhi per il sonno.

«Respira». Holly le rivolse un sorriso incoraggiante. «Puoi farcela».

Senza dire altro, Sabrina lasciò l'appartamento per raggiungerlo di sotto. Daniel sembrava rilassato, in pantaloncini e polo, mentre stava appoggiato con disinvoltura al cofano di una decappottabile rossa. Un grande sorriso si fece strada sul suo volto non appena lei si avvicinò.

Sabrina sentì gli occhi di lui che la osservavano dalla testa ai piedi, nonostante fossero nascosti dietro gli occhiali da sole. Aveva optato per un paio di pantaloncini, una canottiera e dei sandali bassi. Le previsioni del tempo avevano promesso un weekend di caldo torrido anche a San Francisco, il che era insolito. Nella contea di Sonoma, dove erano diretti, ci sarebbero stati dieci o quindici gradi in più.

La salutò con un bacio amichevole sulla guancia. «Stai benissimo».

Dopo aver riposto le valigie nel bagagliaio, le aprì la portiera dell'auto e la chiuse dopo che lei ebbe preso posto.

Pochi minuti dopo, stavano attraversando il traffico leggero per dirigersi verso il Golden Gate Bridge. Si rivelò un'idea intelligente quella di partire presto. Dato che sarebbe stata una bella giornata, i cittadini di San Francisco avrebbero approfittato dell'occasione per prendere il sole nelle varie spiagge della Baia e dell'Oceano, e tutte le strade che portavano fuori città sarebbero state intasate dal traffico più tardi.

Daniel chiacchierò durante tutto il viaggio verso nord, raccontandole della sua lontana famiglia a Est, della sua capricciosa madre italiana e del suo padre americano.

«No, purtroppo sono figlio unico. Ho sempre sperato di avere un fratellino o una sorellina, ma non è successo. Di sicuro ci hanno provato, costantemente». Le lanciò un'occhiata maliziosa di traverso.

Sabrina rise. «Stai dicendo che ascoltavi i tuoi genitori fare sesso? Che schifo!».

«Era difficile evitarlo. Mia madre è una donna molto *sonora*. Quando non ce l'ho fatta più, ho finalmente ottenuto che spostassero la mia stanza dall'altra parte della casa. È stato un sollievo. Per quanto ami i miei genitori, non avevo bisogno dell'immagine mentale di loro a letto insieme. Può davvero rovinare un bambino».

«Hai ereditato qualche caratteristica di tua madre?». Non appena pose la domanda, Sabrina si rese conto che il suo significato poteva essere completamente frainteso. E così fu. A Daniel non sfuggiva nulla.

«Dimmelo tu».

Le guance le bruciavano e sapeva di essere arrossita fino alle radici dei capelli. Ovviamente lui doveva cogliere il doppio senso, tipico di Daniel.

«Intendo nel temperamento e nell'aspetto fisico». Sabrina cercò di riportare la conversazione sulla retta via.

«Non sono esattamente una donna formosa di un metro e mezzo», esordì, sorridendo da un orecchio all'altro, «ma ho ereditato la sua carnagione scura, i suoi occhi e i suoi capelli. Il fisico invece l'ho preso da papà. È un vero atleta. È un grande giocatore di tennis e nuota tutti i giorni. Mamma cerca di stargli dietro il più possibile».

Sabrina lo guardò di profilo e poté istintivamente immaginare come sarebbe stato trent'anni più vecchio. Lo stesso corpo impeccabile, ma con un po' di grigio intorno alle tempie, qualche ruga in più sul viso, intorno alla bocca e agli occhi, e ancora lo stesso sorriso malizioso.

«È bello avere dei genitori che stanno ancora insieme e si amano», pensò Sabrina.

«I tuoi non lo sono? Ancora insieme, intendo?» chiese Daniel un po' sorpreso.

Scosse la testa. «Hanno divorziato quando avevo quattordici anni, ma almeno sono rimasti entrambi nella stessa città. Durante la settimana vivevo con mamma e nel fine settimana con papà».

«Eri combattuta tra i due?».

«A volte. Ma francamente, ho imparato a giostrarmeli».

Daniel sollevò un sopracciglio. «Vuoi dire manipolarli?». Un sorriso incurvò le sue labbra.

«Così sembra una cattiveria. Sapevo solo come ottenere il meglio da entrambi. Non c'è niente di male in questo, soprattutto perché mi trovavo in mezzo a tutto».

«Allora, quanto sei brava in questo tuo gioco di manipolazione?».

Sabrina rise. «Come uomo d'affari

dovresti sapere che non devi mai mostrare tutte le tue carte. È come giocare a poker».

«L'unico poker a cui sono interessato a giocare con te è lo strip poker», ribatté Daniel velocemente, mantenendo però gli occhi sulla strada.

Doveva riconoscerglielo. Qualunque fosse l'argomento di cui parlavano, lui riusciva sempre a riportarlo al sesso. Forse le aveva promesso di non costringerla a fare sesso con lui e lei si fidava del fatto che avrebbe mantenuto la parola, ma questo non significava che non avrebbe affrontato l'argomento.

Doveva stare attenta a non farsi fare lo sgambetto. Se non fosse stata cauta quel fine settimana, sarebbe caduta tra le sue braccia in un battito di ciglia. Non poteva permettersi di abbassare la guardia e dargli un'altra possibilità di farle del male. Il danno che aveva causato era già abbastanza grande.

Anche se aveva accettato la sua spiegazione riguardo Audrey, la sua ex ragazza, non era davvero convinta che fosse sincero con lei. Nessun uomo spenderebbe migliaia di dollari per qualche giorno con una escort senza aspettarsi di fare sesso con lei. Stava tramando qualcosa e lei era determinata ad andare in fondo alla questione.

Dopo aver lasciato l'autostrada per prendere la deviazione che li avrebbe portati al piccolo bed and breakfast che Daniel aveva prenotato, si persero per un breve periodo. Sabrina si sorprese quando Daniel si fermò per chiedere indicazioni a un contadino di passaggio. Conosceva molti uomini che avrebbero preferito girare in tondo piuttosto che ammettere di essersi persi.

Lui le sorrise come se sapesse cosa stava pensando. «Dovremmo essere lì tra un paio di minuti».

Il posto che aveva scelto era un sogno. Erano arrivati in un vigneto in attività che gestiva un piccolo bed and breakfast. Ma a differenza di altri bed and breakfast, questo aveva alcuni piccoli cottage sparsi per la grande proprietà. Uno di questi sarebbe stato loro per il weekend.

Daniel lasciò cadere le valigie in salotto

quando entrarono, dopo aver ritirato la chiave della casa principale. Alla loro sinistra c'era una piccola cucina. Sarebbe andata bene per preparare il caffè al mattino.

Sabrina si diresse verso la camera da letto. Era arredata con un letto matrimoniale, comodini, un comò e un paio di comode sedie. Il bagno in camera aveva sia la vasca che la doccia. Le portefinestre della camera da letto conducevano a un'ampia terrazza, che si estendeva per tutta la larghezza del cottage.

Ma era la vista a essere straordinaria. Non appena Sabrina aprì le porte e mise piede sulla terrazza, rimase ipnotizzata. Guardando dalla cima della collina su cui era arroccato il cottage, il vigneto si estendeva nella valle. I pendii in leggera salita su entrambi i lati erano coltivati con filari e filari di viti.

«È bellissimo», sussurrò.

«Mozzafiato», sentì la sua voce alle sue spalle, il suo respiro che le accarezzava il collo. «Pensi che ti piacerà stare qui per il weekend? Anche se dovrai sopportarmi?».

Lei girò la testa e gli rivolse un tenero sorriso. «Anche se devo sopportarti».

I suoi occhi la accarezzarono, ma non fece alcun tentativo di toccarla o baciarla, cosa che la sorprese. «Vieni, andiamo a fare una passeggiata nel vigneto».

Daniel le offrì la mano e lei la prese senza esitare mentre lasciavano il cottage e si incamminavano lungo il sentiero che portava tra le vigne. Il sole era già caldo e le baciava piacevolmente la pelle mentre passeggiava con lui lungo i sentieri sterrati, con le dita intrecciate alle sue.

Era un tocco casuale, non il tocco puramente sessuale a cui era abituata da lui. Si chiese cosa avesse provocato quel cambiamento. Anche quando si erano incontrati al bar la sera prima, lui era stato pieno di desiderio a malapena contenuto. Ma ora si era trasformato nel dolce ragazzo della porta accanto. Era simpatico e divertente e, a parte le poche allusioni sessuali che aveva fatto in macchina, non aveva mostrato alcun segno di volerla sedurre.

Più si allontanavano da San Francisco, più

sembrava che lui si lasciasse alle spalle il suo lato seduttivo. Il suo atteggiamento disinvolto la rilassò, e le sembrò che la tensione degli ultimi giorni avesse finalmente abbandonato il suo corpo. Anche la situazione spiacevole e potenzialmente pericolosa con Hannigan era svanita nel nulla.

Daniel la aiutò a salire un sentiero ripido e all'improvviso si trovarono su un piccolo altopiano erboso. Diversi alberi facevano ombra. La vista era a trecentosessanta gradi, stupefacente. Colline morbide, alberi, viti, un piccolo ruscello in lontananza. Sembrava uscito da una brochure turistica.

Quando Sabrina esaminò più da vicino l'altopiano, notò una grande coperta con un cesto appoggiata sotto uno degli alberi. Daniel seguì il suo sguardo.

«Spero che tu abbia fame. Ho fatto preparare un piccolo cestino da picnic per noi».

Daniel sorrise in risposta alla sua espressione sorpresa.

«Wow».

Daniel prese il cibo dal cestino: pane,

formaggi, olive, creme spalmabili, salumi e, naturalmente, una bottiglia di vino. Nessun picnic nella campagna vinicola sarebbe completo senza vino.

Sabrina si lasciò coccolare. Era stato molto premuroso da parte di lui pianificare e organizzare un pranzo per loro. Non si aspettava che avesse pensato e pianificato così tanto il weekend.

Daniel versò il vino e le porse un bicchiere.

«A un meraviglioso weekend», brindò.

«A un meraviglioso weekend».

Prima che lei avesse la possibilità di bere il suo vino, lui si chinò verso di lei e premette dolcemente le labbra sulle sue. Durò solo un secondo prima che lui si tirasse indietro e bevesse dal suo bicchiere. Sabrina bevve rapidamente un sorso per nascondere il fatto che il semplice tocco delle sue labbra l'aveva completamente turbata. Quando aveva sentito il suo bacio, aveva immediatamente desiderato di più, di avere un legame più profondo e non il tocco leggero e appena accennato con cui l'aveva stuzzicata.

«Sono felice che tu abbia deciso di unirti a me».

«Non mi hai lasciato molta scelta». Sabrina prese un'oliva e la infilò in bocca.

«Alcune persone hanno bisogno di un po' di persuasione». Il sorriso di Daniel era caldo e gentile. Ma lei non si lasciava ingannare facilmente. Sotto l'aspetto dolce si nascondeva il predatore. L'uomo che l'aveva praticamente divorata a letto era ancora lì. Non era scomparso nel nulla.

«Dimmi, qual è il tuo piano?».

«Il mio piano?». Lui le lanciò un'occhiata di traverso.

«Per questo fine settimana. Sembra che tu abbia un piano. Questo picnic non è apparso dal nulla. Quali altri assi nella manica hai? Stai pensando di ammorbidirmi, vero?».

«Se così fosse, cosa ti fa pensare che ti direi cos'altro ti aspetta? Sarebbe come scoprire le mie carte, non credi?». Cambiò argomento. «Formaggio?».

Lei accettò la sua offerta ed entrambi iniziarono a mangiare.

15

Daniel sorrise tra sé e sé. Sabrina era sveglia e non le sfuggiva nulla. Aveva dovuto fargli capire che lo teneva d'occhio, la sua simpatica finta accompagnatrice. Certo, lui aveva un piano per il fine settimana, ma non le avrebbe mai fatto confessato ciò che aveva pianificato per farla cadere dritta tra le sue braccia.

Con l'aiuto di Tim, gli erano venute in mente un sacco di idee, e ne avrebbe messe in pratica il maggior numero possibile. Se alla fine del weekend lei non fosse stata presa da lui come lo era lui da lei, avrebbe dovuto impegnarsi di più la settimana successiva. Il fallimento non era un'opzione.

Versando l'ultimo vino nel suo bicchiere, notò che lei era in grado di reggere bene. Durante il pasto fecero conversazione, parlando di vino, cibo e vacanze. Daniel si sdraiò sulla coperta dopo aver finito l'ultimo sorso di vino. La mancanza di sonno lo stava raggiungendo.

Pianificare e preparare il weekend perfetto con Sabrina, anche con l'aiuto di Tim, aveva richiesto la maggior parte della nottata. Aveva dormito appena due ore e il vino aveva fatto il resto. Il suo corpo non riusciva più a nascondere la stanchezza.

La mattina aveva lasciato un messaggio ai suoi nuovi avvocati per sapere dove potevano raggiungerlo in caso di assoluta emergenza, ma aveva detto loro che non voleva essere disturbato. Aveva anche spento il suo Blackberry, cosa che non aveva mai fatto prima.

«Ti dispiace se chiudo gli occhi per qualche minuto?», le chiese.

«Fa' pure. È bello quassù. Potrei

sonnecchiare un po' anch'io. Il vino mi ha resa un po' stanca».

Daniel la vide sorridere prima di chiudere gli occhi. Pochi secondi dopo, la sentì spostarsi sulla coperta e capì che si era sdraiata accanto a lui. Si addormentò rapidamente, sentendo una leggera brezza che lo accarezzava. L'albero forniva ombra sufficiente per rimanere relativamente freschi nonostante il calore del sole.

Cadde in un sonno leggero, immaginando le braccia di Sabrina intorno a lui, la sua testa appoggiata sul petto e il suo respiro regolare che lo tranquillizzava. Si vedeva facilmente con lei, e non solo a letto. La vedeva al suo fianco mentre faceva le cose che facevano le coppie. Ma soprattutto la vedeva tra le sue braccia.

Quando usciva con le donne di plastica, come amava chiamarle Tim, non aveva mai dimostrato molto i suoi sentimenti. A parte prestare il braccio a una donna per condurla al tavolo o per aiutarla a scendere dall'auto, non era uno che si teneva per mano in pubblico, per non parlare dei baci. Le sue ragazze lo avevano sempre capito.

Con Sabrina, tutto quello che voleva fare era mostrare al mondo che era sua. Voleva che tutti vedessero che era lui a tenerle la mano, che era lui l'unico a poterla baciare. Quando l'aveva lasciata con quei segni di morsi dopo la loro prima notte insieme, non aveva capito perché l'avesse fatto. Non era più un adolescente che faceva cose stupide come quella, e di certo non l'aveva mai fatto con nessuna delle sue precedenti ragazze. Ma ora che conosceva i sentimenti che provava per lei, sapeva che durante la loro prima notte insieme l'aveva istintivamente marchiata.

Quando finalmente si svegliò, Daniel sentì il petto pesante e qualcosa che gli premeva contro le cosce. Non appena aprì gli occhi, capì con stupore qual era la causa di quel peso. Le sue labbra si sollevarono in un sorriso.

Sabrina si era accoccolata su di lui e dormiva profondamente, con la testa appoggiata sul suo bicipite. Teneva il braccio abbandonato sul suo petto e aveva appoggiato una gamba sulle sue cosce. Un solo sguardo al corpo tranquillo e disteso su di lui, insieme alla sensazione delle gambe nude di Sabrina che toccavano la pelle delle sue cosce lasciata esposta dai pantaloncini, fu sufficiente a scaldare il suo corpo.

All'improvviso, l'ombra dell'albero non era sufficiente a rinfrescarlo, né la leggera brezza si avvicinava minimamente ad abbassare la sua temperatura corporea.

Era nella merda fino al collo. Cosa gli aveva fatto pensare di poter passare la notte a letto con lei senza toccarla? Anche adesso, riusciva a malapena a trattenersi dal metterle le mani addosso per tirarla ancora più vicino, o dal passare la mano sotto i suoi pantaloncini per toccare la pelle morbida del suo sedere. E ora era vestita. Stasera sarebbe stata nuda o quasi.

Il panico lo attanagliò. Non sarebbe mai riuscito a portare a termine il suo piano. Una doccia più fredda dell'Antartico non sarebbe stata sufficiente a raffreddare i suoi pensieri o a riportare la sua erezione sotto controllo, una volta che Sabrina fosse stata nel suo letto quella notte.

Come avrebbe potuto portare a termine la sua lenta seduzione per farla venire da lui, se le fosse saltato addosso non appena fossero tornati al cottage? Di chi era stata la brillante idea? Oh sì, sua. Tim aveva dubitato fin dall'inizio che sarebbe stato in grado di andare fino in fondo e aveva suggerito di dirle la verità non appena fossero usciti dalla città. Uno a zero per Tim.

Tim fece un cenno per attirare l'attenzione di Holly quando la vide comparire sulla porta della caffetteria. Lei lo notò subito e passò tra i tavoli affollati per sedersi accanto a lui sul divano. Si baciarono sulla guancia.

«Tesoro, non hai idea della nottata che ho passato», si lamentò Tim in modo teatrale.

«Non fartela nelle mutande, dolcezza, almeno non hai avuto a che fare con Sabrina che piangeva a dirotto». La donna emise un lungo sospiro.

«Mi piace quando mi parli in modo sconcio», la prese in giro.

«Magari, dolcezza, magari. Per te rinuncerei al mio lavoro, davvero».

Tim le diede una stretta amichevole. «Mi dispiace, tesoro, non posso cambiare ciò che sono. Ma se potessi, per te lo farei in un batter d'occhio».

Lei scrollò le spalle. «Credo che tocchi a te pagare. Io prendo un triplo grande...».

Lui la interruppe subito. «Ho già ordinato. Sono molto più avanti di te». Il barista annunciò che il suo drink era pronto e Tim si alzò per prenderlo.

Holly bevve un sorso avido, poi si pulì la schiuma dalle labbra. «Ne avevo bisogno. Mi sono alzata troppo presto per assicurarmi che Sabrina volesse davvero partire con lui e non cambiasse idea all'ultimo minuto».

«Non è niente. Danny mi ha tenuto sveglio mezza nottata per organizzare tutto per il weekend. Ok, quindi mi sono offerto volontario per aiutarlo».

Holly sollevò un sopracciglio.

«Bene. L'ho convinto che doveva pensarla

bene». Tim le lanciò un'occhiata e sorrise. «Gli ho fatto fare un corso accelerato di massaggio sensuale».

«Hai fatto cosa?» Holly quasi rovesciò il suo latte macchiato.

«Ho chiamato la mia massaggiatrice e le ho chiesto di insegnargli come fare un massaggio sensuale. Fidati, Sabrina ci ringrazierà dopo. Daniel impara in fretta. Ed è motivato».

Holly scosse la testa. «Non credi che stiamo esagerando?».

Tim fece scacciò quell'obiezione con un gesto della mano. «Dopo tutto quello che mi hai detto su Sabrina in questi anni, ti dico che sono perfetti l'uno per l'altra».

«Sto avendo dei ripensamenti. Si farà male. Non avremmo mai dovuto farlo. A cosa diavolo stavamo pensando?». La voce di Holly era preoccupata.

Tim la guardò maliziosamente. «Ti ho detto che si è innamorato di lei?».

Holly rimase a bocca aperta. «Sei sicuro?».

Lui le lanciò un'occhiata offesa. «Conosco o non conosco Danny?».

«Te l'ha detto?».

«No, gliel'ho detto io. Aveva bisogno di una scossa. Ma ora è a bordo. L'ho visto nei suoi occhi, tutto quanto. L'ha scosso un po', ma starà bene». Tim sorrise, sicuro di sé. «Sono sicuro che tutto andrà al suo posto quando le dirà la verità».

Holly scosse la testa. «E quando pensi che sarà mai il momento giusto per far venire fuori la verità? Sabrina è così paranoica di essere ferita di nuovo che si chiuderà in se stessa».

«Non preoccuparti, se la caverà. Il nostro lavoro è finito. E abbiamo fatto un ottimo lavoro. Non credi?».

«Non è ancora detto. A proposito, ottimo tempismo con la telefonata. Sabrina se l'è bevuta all'istante. Non ha sospettato nulla. Chi era la ragazza?».

«Una cameriera che conosco. Le ha detto di far finta che fosse un monologo per un'audizione».

«Vorrei che avessimo orchestrato la cosa

in modo diverso, però. Sabrina si arrabbierà tantissimo con me, quando lo scoprirà». Holly si morse il labbro inferiore.

«Ehi, non è colpa mia. Volevo organizzare un appuntamento al buio, ma lui non voleva un appuntamento. Non potevo lasciarmi sfuggire quell'occasione. Chissà quanto avremmo dovuto aspettare per averne un'altra. È stato tempismo perfetto. Credimi, anche se non ho mai incontrato la sua ex ragazza, conosco il tipo. Nessuna delle donne con cui è uscito era adatta a lui. Gli voglio bene come a un fratello. Non voglio che finisca con una puttana di plastica arraffa soldi. Ha bisogno di una donna vera, con sentimenti veri». Il suo tono era deciso.

Holly annuì in segno di assenso. «Beh, questa è la sua occasione. Sabrina ha dei sentimenti, eccome. Spero solo che il tuo amico sia in grado di gestirli. Spero che non voglia prendersi gioco di lei».

«Oh, giocherà, ma si giocherà il tutto per tutto. Quando si mette in testa qualcosa, non si ferma finché non ha ottenuto ciò che vuole. E ti dico che vuole lei. La voleva già quando pensava ancora che fosse una escort. Nel profondo, non gli importa nulla delle convenzioni. Anche se fosse una escort, la vorrebbe comunque. Anche se dovesse dire ai suoi genitori che è innamorato di una prostituta, anche se per il bene di sua mamma sono sicuro che è contento che non lo sia. Non che glielo avrebbe mai detto». Tim ridacchiò dolcemente e lei lo colpì alle costole.

«Non c'è niente di male nell'essere una escort, e ti prego di non usare il termine prostituta», sbuffò.

Tim la abbracciò. «Giustissimo. È tutta una questione di prezzo».

«Sei proprio un cretino a volte», ribatté lei ridendo.

«Sospetto che sia per questo che mi ami». Tim sorrise.

«Perché non hai mai cercato di far incontrare me con lui?».

Lui le rivolse uno sguardo incredulo. «Cosa? E perdere la mia migliore amica? Cosa sono, completamente altruista? Non mi conosci affatto? E poi, non sei il suo tipo».

Sospirò. «L'ha detto anche lui quando l'ho incontrato. Dio, è ancora più sexy di persona che nelle foto che mi hai mostrato».

«Pensi che non lo sappia? E non preoccuparti, ti troverò qualcun altro. Ma non ancora. Non sono ancora pronto a lasciarti andare. Chi altro posso chiamare alle due di notte quando mi sento triste?».

Holly scosse la testa e rise. «Bastardo egoista».

16

Daniel aveva bisogno di una doccia fredda, e ne aveva bisogno subito. Erano tornati al cottage e il solo guardare le gambe di Sabrina che spuntavano dai pantaloncini mentre la seguiva all'interno lo faceva sentire come se stesse camminando su un letto di carboni ardenti. A piedi nudi.

«Puoi scusarmi per qualche minuto, per favore?», riuscì a dire prima di precipitarsi in bagno. Chiudendosi la porta alle spalle, si spogliò e si tuffò sotto la doccia. Probabilmente lei stava pensando che fosse pazzo, ma o così oppure lui l'avrebbe a terra e le strappava i vestiti di dosso.

Quando si era risvegliata tra le sue braccia aveva l'aria imbarazzata, e lui aveva lasciato perdere senza fare alcun commento sessuale. Ma questo non significava che potesse dimenticare le sensazioni che il corpo di lei gli aveva fatto provare. Gli aveva ricordato tutte le cose che avevano fatto dentro e fuori dal letto nelle prime due serate che avevano trascorso insieme.

L'acqua fredda scorreva sul suo corpo caldo, ma non faceva nulla per alleviare la sua erezione pulsante. Come un soldato sulla piazza d'armi, rimase lì, dritta, dura e inflessibile. Chi aveva creato la diceria che una doccia fredda eliminasse l'erezione? Ovviamente si trattava di una vecchia leggenda.

Di sicuro non stava funzionando per lui. Dannazione! Non poteva andare là fuori e affrontarla con quella cosa. Era come una pistola carica, che poteva esplodere in qualsiasi momento. Non c'era la sicura. C'era solo un altro modo sicuro per scaricare quell'arma.

Mentre Daniel prendeva in mano il suo cazzo, chiuse gli occhi e immaginò Sabrina nella doccia con lui. La sua mano che lo toccava. La sua bocca. La sua lingua. La sua mano che si stringeva intorno alla sua asta, scivolando su e giù su di essa, prima lentamente e poi più velocemente, più forte. Fino a farlo ansimare.

Non ci volle molto perché si liberasse. In pochi secondi, venne e sparò il suo seme contro le piastrelle della doccia. Daniel sperò solo che quel sollievo lo avrebbe aiutato a superare il resto della giornata e della notte. Ma aveva dei dubbi.

Cominciava a capire la profondità dei suoi sentimenti, e il suo corpo bramava unirsi a lei. Doveva riuscire a controllarsi. Dopo quello che Holly gli aveva detto su Sabrina, sapeva che doveva essere corteggiata con delicatezza. Sbatterle addosso la propria verga non era il modo giusto. Non ancora, comunque.

Quando tornò in camera da letto, di nuovo

completamente vestito, si guardò intorno per cercarla. Trovò Sabrina sulla terrazza, dove aveva già individuato la prossima sorpresa che aveva preparato per lei.

Il personale dell'agriturismo aveva preparato un lettino da massaggio professionale e lo aveva allestito all'esterno. Sabrina lo guardò, con uno sguardo interrogativo nei suoi occhi verdi.

«Che cos'è?».

Era sicuro che lei avesse già visto un lettino per massaggi, ma non era questa la sua domanda. «È esattamente ciò che sembra. Sei pronta per il tuo massaggio?».

«Quando arriva la massaggiatrice?».

Lui capì che le piaceva l'idea del massaggio e sorrise. «È già qui». Sabrina lo guardò e nel giro di pochi secondi la consapevolezza le si affacciò sul viso.

«Tu?».

Daniel annuì. «Ho seguito un corso».

Più che altro un corso intensivo. La sera prima. Le passò l'accappatoio che giaceva sul lettino dei massaggi.

«Spogliati e indossa questo».

Fece un cenno verso il bagno.

«Non puoi dire sul serio». Era solo una mezza protesta.

«Ti ho già vista nuda. Non c'è bisogno di essere timidi. Ti prometto che ti piacerà».

Sabrina stava valutando se permettergli di massaggiarla. L'idea di un massaggio rilassante le piaceva, ma non era sicura della sua reazione nel sentire le mani di lui sulla sua pelle nuda. Era una tentazione incredibile e si chiedeva se sarebbe stato sicuro. Fino a quel momento era stato un gentiluomo, per tutto il giorno.

Anche quando si era svegliata con il corpo che copriva per metà quello di lui, lui non aveva sfruttato la situazione a suo vantaggio. Sapeva che era stata lei ad accoccolarsi a lui e non il contrario. Poco prima di addormentarsi, aveva sentito il bisogno di stargli vicino, e la sua mente era già spenta. Il suo istinto aveva preso il sopravvento e si era avvicinata a lui. Il suo corpo aveva fatto quello che voleva e si era modellato su di lui.

Le aveva dato un leggero bacio sulla testa prima che lei si liberasse dal suo corpo, ma non aveva fatto nessun altro tentativo di toccarla. Il loro accordo prevedeva che lui fosse autorizzato a baciarla, ma lei pensava che si riferisse ai baci bollenti e caldi che le aveva dato durante le loro prime due serate di passione. Non i casti bacetti che le aveva dato quel giorno.

«Torno subito», annunciò Sabrina, prese l'accappatoio e rientrò in casa. Meno di due minuti dopo era di ritorno, con indosso l'accappatoio e senza alcun capo di vestiario sotto di esso.

Era il momento di vedere se i suoi baci sarebbero rimasti così casti dopo averla massaggiata. Fermò i suoi pensieri. Perché diavolo ci stava pensando? Avrebbe dovuto essere felice che lui tenesse la lingua per sé. La sua lingua. Il pensiero che le accarezzasse la pelle...

No! Non doveva pensarci. Lui l'aveva praticamente ricattata per farla venire quel weekend in quell'agriturismo, e lei sarebbe stata fuori di testa se si fosse lasciata incantare di nuovo in quella situazione. Doveva pensare a se stessa e al fatto che tra pochi giorni lui se ne sarebbe andato e lei sarebbe stata infelice, perché si era innamorata di un uomo che la vedeva solo come un giocattolo con cui trastullarsi.

Sabrina lasciò cadere l'accappatoio e si sdraiò a pancia in giù. Era pienamente consapevole dello sguardo di Daniel su di lei, e di come lui avesse deglutito con forza quando lei era rimasta completamente nuda davanti a lui per quei pochi secondi.

Daniel mise un grande asciugamano morbido sulla lunghezza del suo corpo.

«Spero che ti piaccia il profumo di lavanda». La sua voce suonava rauca.

«Mmm hmm», rispose lei e si rilassò sul comodo lettino da massaggio.

Sentì le mani di lui sfiorarle le spalle mentre le tirava giù l'asciugamano fino ai fianchi. Seguì il rumore delle sue mani che si sfregavano fra loro con l'olio e lei si irrigidì in attesa del suo tocco.

Nell'istante in cui sentì le sue mani forti sulla schiena, che iniziarono con lunghe carezze dalle spalle fino alla vita, capì che non avrebbe avuto alcuna possibilità di resistere se lui avesse cercato di sedurla. Ma ormai era troppo tardi per ritirarsi. Era nelle sue mani, nelle sue mani molto abili.

Un gemito involontario le sfuggì mentre le mani di Daniel continuavano a scorrere ritmicamente su e giù per la sua schiena. Lei strinse la mascella per evitare altri segnali di piacere. Era l'ultima cosa di cui aveva bisogno, fargli capire che era come argilla fra le sue mani.

«Rilassati, tesoro», sussurrò Daniel. «Sei così tesa».

Sapeva tutto quello che succedeva dentro di lei? «Perché lo stai facendo?».

«Intendi il massaggio?» chiese dolcemente.

Il solo suono della sua voce le faceva venire voglia di sciogliersi. Combinato con i delicati movimenti delle sue mani, si rivelò un cocktail tossico per il suo cuore già martoriato.

«Tutto, questo weekend, il massaggio».

Daniel fece una pausa prima di

rispondere, come se non avesse avuto una risposta pronta. «Mi piaci, Holly».

Doveva impedirgli di dire cose del genere. Non avrebbe portato a nulla. Avrebbe solo reso le cose più difficili quando si sarebbero separati.

«Daniel, sono una escort. Sembra che tu lo dimentichi sempre», mentì lei, sperando di riportarlo alla realtà della loro situazione. Anche se non era una escort, lui l'aveva assunta come tale, quindi a tutti gli effetti era la sua accompagnatrice.

Sabrina lo sentì inspirare e i secondi trascorsero in silenzio mentre lui le faceva scorrere le mani lungo la spina dorsale, esercitando con i pollici una pressione sufficiente a farla rabbrividire di piacere.

«Non mi interessa cosa sei». La sua voce era insolitamente tesa, come se fosse arrabbiato. «Riesco a vedere cosa c'è sotto», aggiunse, con la voce un po' più morbida di prima.

Daniel stava dicendo tutte le cose giuste. Se lo avesse incontrato in altre circostanze, sarebbe stato l'uomo perfetto. Gentile e premuroso, appassionato ed esperto, focoso e forte. Ma le circostanze non erano quelle giuste. Aveva assunto una escort perché aveva appena rotto con la sua ragazza. Era un ripiego ed era ovvio che non volesse avere un'altra relazione. Perché altrimenti assumere una escort? Garantiva sesso senza legami.

Sabrina non fece commenti e si concentrò sulle sue mani. Ogni volta che le mani di lui le accarezzavano la vita, la punta delle dita si spingeva più in basso, accarezzando delicatamente la parte superiore del suo sedere. E ogni volta lei desiderava che lui scendesse più in basso.

Come se Daniel avesse capito quello che voleva, le sue mani lasciarono finalmente la schiena di lei e scivolarono sotto l'asciugamano per accarezzarle le natiche rotonde. Immediatamente, un altro gemito gutturale le sfuggì dalle labbra. I suoi movimenti si trasformarono in una carezza e non ebbero nulla a che vedere con i massaggi che le aveva riservato sulla schiena e sulle spalle.

Le dita di lui scagliarono scie di fuoco

sulle sue natiche, poi scesero fino alle cosce prima di invertire la rotta e risalire.

Sabrina sentì il calore scorrere nel suo ventre e in pochi secondi l'umidità si accumulò all'attaccatura delle sue cosce. Il modo in cui quell'uomo era in grado di eccitarla avrebbe dovuto essere illegale. Dovette trattenersi dal permettere al suo corpo di inarcarsi verso le sue mani.

Se lui avesse continuato ancora qualche minuto, Sabrina sapeva che sarebbe venuta senza che la toccasse più intimamente. Il suo corpo tremò leggermente al solo pensiero e lei si tese, cercando di controllarsi per non urlare e chiedergli di prenderla.

«Mi dispiace», disse Daniel all'improvviso e allontanò le mani da lei.

La delusione la travolse. Lui le coprì la schiena e le spalle con l'asciugamano prima di scoprirle una delle gambe. La leggera brezza del tardo pomeriggio rinfrescò la sua gamba accaldata, ma non per molto.

Dopo essersi versato altro olio sulle mani, Daniel le appoggiò sulla gamba di lei e scese lentamente dalla cima della coscia alla punta dei piedi. Pensava davvero che quelle carezze le avrebbero impedito di eccitarsi di nuovo? Sicuramente si era accorto di quello che aveva fatto accarezzandole il sedere.

Ad ogni carezza, la sua pelle diventava più calda. Quando lui fece scorrere le mani dal retro del ginocchio fino alla coscia, lei trattenne il respiro. La mano che percorreva l'interno della coscia sarebbe arrivata abbastanza in alto da notare quanto fosse bagnata? Avrebbe lasciato scivolare il dito abbastanza in alto da sentire la sua carne umida o addirittura da penetrarla?

Con suo grande disappunto, Daniel si fermò prima ancora di avvicinarsi, poi invertì la corsa e tornò a scendere. Le sue mani sembravano ferri da stiro sfrigolanti sulla sua pelle, solo più calde e morbide. Sapeva di avere molta tensione nel corpo, ma sentì come lui lavorava sui nodi dei suoi muscoli.

Sabrina voleva solo lasciarsi andare e non pensare a nulla, e più si concentrava sulle sue mani e dimenticava tutto il resto, più sentiva i suoi muscoli rilassarsi.

Si sarebbe occupata di tutto il resto più

tardi. Per ora, voleva solo immergersi nel calore delle sue mani e nella tenerezza delle sue carezze. Non voleva leggere nient'altro in tutto ciò.

«Hai delle mani meravigliose».

Poteva sentire il sorriso nelle sue parole quando rispose. «Hai un corpo bellissimo».

«Fai spesso massaggi?». Sabrina invidiò le sue fidanzate e le si formò un nodo allo stomaco al pensiero che lui potesse elargire a un'altra donna quel tipo di attenzioni.

«È la prima volta».

Lei rimase sbigottita. «La prima volta? È impossibile. Sei incredibile». Non gli credeva. Nessuno poteva essere così naturalmente bravo.

«È facile con un corpo malleabile come il tuo».

Daniel le tirò l'asciugamano sulle gambe, coprendola completamente. «Come ti senti?».

Delusa dal fatto che fosse finito, voleva dire, ma non lo fece. «Debole».

Ridacchiò. «Credo che si dica rilassata, non debole».

Sabrina girò la testa per guardarlo in faccia. Le sue labbra sorridevano dolcemente, ma i suoi occhi non riuscivano a nascondere il desiderio. Per diversi secondi non disse nulla e si limitò a guardarlo.

«Grazie. È stato meraviglioso».

«Non c'è di che». Sembrava quasi sotto tortura prima di distogliere lo sguardo da lei. «Continua a riposare qui finché vuoi».

E con quelle parole tornò dentro. Un minuto dopo Sabrina sentì il rumore della doccia. Aggrottò le sopracciglia. Aveva fatto la doccia solo un'ora prima. Anche se fuori faceva piuttosto caldo, il sole del tardo pomeriggio non era esattamente rovente e inoltre la terrazza era ombreggiata.

Sabrina girò la testa verso la valle e i vigneti. Era una vista bellissima e la vita avrebbe potuto essere perfetta se solo le circostanze fossero state diverse. Sospirò.

17

La seconda doccia fredda della giornata non era servita più della prima. Era un idiota. Non avrebbe mai dovuto lasciare che la vera Holly lo convincesse a continuare questa farsa. Avrebbe dovuto seguire il suo istinto e dire a Sabrina la verità non appena fosse uscito dagli uffici del Servizio Escort.

Ora si trovava tra l'incudine e il martello. Da un lato, non desiderava altro che fare l'amore con lei, ma dall'altro le aveva promesso che sarebbe stata lei a iniziare il sesso, se avesse voluto. Se gli fossero venute altre idee brillanti come quella, sarebbe stato il prossimo a ricevere il Premio Darwin per aver eliminato se stesso dal pool genetico.

Cosa gli faceva pensare che Sabrina sarebbe venuta da lui se solo lui non ci avesse provato per un giorno? Il massaggio lo aveva lasciato completamente e totalmente eccitato e turbato e, per l'amor di Dio, era stato *lui* a farglielo. Certo, a lei era piaciuto, ma a parte quello, non aveva visto alcuna reazione da parte sua che gli dicesse che voleva essere toccata in modo più sessuale.

Quando lui aveva accarezzato il suo delizioso sedere, lei si era tesa sotto le sue mani e lui aveva dovuto allontanarsi per non distruggere del tutto il momento. Lei aveva tenuto su il suo muro per tutto il tempo. Il suo commento sul fatto che fosse una escort aveva praticamente sottinteso che non voleva nessun'altra relazione con lui. Lo aveva messo al suo posto.

Fu quel pensiero a far crollare la sua erezione, non l'acqua fredda della doccia. Lei non lo voleva. Come gli aveva detto Holly, Sabrina non faceva sesso da tre anni e non aveva avuto una relazione. E se le fosse piaciuto fare sesso con lui solo perché non ne faceva da così tanto tempo, ma alla fine non volesse davvero nient'altro?

Daniel si sentì depresso quando uscì dalla doccia e si asciugò. Si mise un asciugamano intorno alla parte inferiore del corpo e andò in camera da letto. Ancora assorto nei suoi pensieri su di lei, lasciò cadere l'asciugamano, prese dei vestiti puliti e li indossò lentamente.

Quando si girò, vide Sabrina in piedi davanti alla porta che dava sul soggiorno. Le sue guance erano arrossate. Da quanto tempo era lì in piedi? Non importava. Lui non era timido e lei lo aveva già visto nudo. Ma le sue guance rosa suggerivano che lui l'aveva messa in imbarazzo.

«Dovrei fare anch'io una doccia», annunciò lei e gli passò accanto per andare in bagno, distogliendo lo sguardo.

«Ho prenotato la cena per le sette. Fai con calma».

Daniel guardò l'orologio. Avrebbe potuto bere qualcosa, ma sapeva che avrebbe guidato per andare al ristorante e voleva del vino per la cena. Niente drink, quindi, per ora.

Si lanciò sul divano del salotto e accese la TV. Qualsiasi cosa pur di distrarsi dal pensiero che lei era sotto la doccia, nuda, con l'acqua che le scivolava sulla pelle perfetta. In quel cottage c'era l'aria condizionata? I suoi occhi scrutarono la stanza. Non c'era l'aria condizionata.

Perché aveva così caldo? Aveva preso troppo sole durante la giornata? Scosse la testa. No, si trattava più che altro del fatto che Sabrina gli era entrata troppo nel profondo. Sembrava che ormai fosse una condizione incurabile.

Daniel guardò il telegiornale della sera, ma ascoltava a malapena il conduttore. Con la coda dell'occhio vide un movimento e guardò di lato. Sabrina aveva già finito la doccia e, attraverso la porta aperta della camera da letto, vide che era uscita dal bagno vestita solo di un asciugamano.

Dannazione, non sapeva che la porta della camera da letto era aperta? Pochi secondi dopo, sospirò pesantemente quando la vide gettare l'asciugamano e frugare nella borsa alla ricerca di nuovi vestiti. Diavolo, non si era accorta che lui poteva vederla da dove si trovava? Lo stava uccidendo. Sarebbe stata letteralmente la sua morte.

Invece di fare il gentiluomo e guardare dall'altra parte, lasciò scorrere gli occhi sul suo corpo nudo e la guardò mentre si rivestiva. Prima si tirò su le minuscole mutandine nere, poi indossò un altro sottile vestito estivo, simile a quello che aveva indossato la sera in cui erano andati al corso di cucina. La sua mano andò istintivamente all'inguine, dove sentì il familiare rigonfiamento che era diventato il suo compagno costante da quando l'aveva conosciuta.

Cazzo, quella donna non poteva indossare un reggiseno? Doveva per forza infilarsi il vestito senza, sapendo che a ogni passo che avrebbe fatto stasera, le sue splendide tette sarebbero rimbalzate in modo provocante?

Mentre lei si chinava per infilarsi i sandali col tacco, lui ammirò le sue gambe formose e fantasticò di come l'avrebbe buttata sul comò, le avrebbe strappato le mutandine e si sarebbe immerso in lei.

Daniel si alzò di scatto dal divano e si diresse in cucina, aprì il freezer e vi infilò la testa. L'aria fredda gli faceva male, ma ne aveva bisogno. Lentamente, il suo respiro tornò normale.

«Cosa stai facendo?». La voce di Sabrina lo fece trasalire e lui sbatté la testa contro la porta del freezer mentre si allontanava.

«Ahi!». Fantastico, come avrebbe potuto spiegarlo? «Niente. Stavo solo controllando se c'erano cubetti di ghiaccio».

Lei sollevò un sopracciglio ma non fece altri commenti. Era splendida. La sua pelle risplendeva sia per il sole che aveva preso nel pomeriggio sia per l'olio che lui aveva usato su di lei durante il massaggio. Il profumo di lavanda le gravitava ancora tutto intorno.

Non si truccava praticamente mai. Non che ne avesse bisogno. Il suo viso era perfetto e le sue ciglia così naturalmente folte che nessun mascara avrebbe aggiunto qualcosa ai suoi occhi espressivi.

«Non mi aspettavo che facessi così in

fretta». Nessuna delle sue ragazze si era mai fatta la doccia e vestita in meno di un'ora, figuriamoci in meno di quindici minuti.

Sabrina scrollò le spalle. «Mi dispiace deluderti».

«Vieni, potremmo andare in città presto e fare qualche giro prima di cena». Tutto pur di uscire da quel cottage e dalla tentazione di spogliarla.

La cittadina di Healdsburg si trovava in posizione centrale tra Alexander Valley, Chalk Hill e Dry Creek Valley. Daniel non rimase deluso dal ristorante che Tim gli aveva consigliato e, a giudicare dall'appetito di Sabrina, anche lei apprezzava il cibo. Quando l'aveva massaggiata, aveva notato che le sue curve erano più piene di quelle delle sue ex ragazze, che non avevano mai mangiato più di un po' di insalata o di sashimi per paura di ingrassare di qualche chilo.

Gli piaceva sentire la rotondità dei suoi fianchi e la pienezza dei suoi seni, e si ricordò che non toccava i suoi seni da troppo tempo. I gravi sintomi della sua astinenza si manifestarono sotto forma di fastidiose fitte all'addome.

Durante la cena, la conversazione fra loro si concentrò su commenti sulla campagna vinicola. Lui evitò qualsiasi cosa che potesse essere interpretata in senso sessuale e Sabrina sembrò fare lo stesso. Durante il viaggio di ritorno al cottage, rimasero entrambi silenziosi. Lui sapeva cosa le passava per la testa, perché anche lui ci stava pensando: quella sera avrebbero condiviso il letto.

18

Sabrina aveva avvertito la tensione per tutta la sera. C'era stato un silenzio imbarazzante tra loro durante il viaggio di ritorno in macchina. Appena arrivati al cottage, Daniel aveva acceso la TV e si era accomodato sul divano.

Sabrina si prese tutto il tempo necessario per andare in bagno, ma a un certo punto non poté più temporeggiare e, vestita con una semplice camicia da notte corta di cotone, andò in camera da letto. Era ancora vuota. Si infilò sotto le coperte e si chiese quando lui sarebbe finalmente venuto a letto.

Le mancavano il suo tocco e i suoi baci più di quanto volesse ammettere. Non c'era davvero modo di evitarlo. Lo voleva e non voleva più negarselo. Al diavolo le conseguenze. A questo punto Holly aveva probabilmente rifornito il freezer di gelato a sufficienza per superare il peggio, una volta che Daniel se ne fosse andato.

Il suono della TV cessò e pochi secondi dopo Daniel entrò nella camera da letto e si chiuse la porta alle spalle. Si diresse subito verso il bagno. Sabrina scosse la testa quando sentì di nuovo la doccia. Questa storia doveva finire. E si sarebbe assicurata che ciò avvenisse.

Daniel non avrebbe potuto avere un aspetto più tormentato nemmeno se gli avessero appena cavato i denti. E lei sapeva di esserne la causa. Non si stava comportando bene con lui. Lui aveva pagato per passare del tempo con lei e per divertirsi e lei gli stava rovinando il divertimento. E stava rovinando il divertimento anche a se stessa.

La porta del bagno si aprì e lui uscì,

vestito solo dei suoi boxer. Ad ogni passo che faceva verso il letto, il cuore le batteva più forte. Sperava di trovare il coraggio di fare ciò che doveva fare.

Il materasso si mosse quando lui si stese sul letto e si infilò sotto le coperte. Raggiunse la luce sul comodino e la spense.

«Buonanotte, Holly».

Non fece alcun tentativo di avvicinarsi a lei o di darle il bacio della buonanotte. Il cuore le salì in gola, ma non poteva tornare indietro.

«Come vanno le docce fredde?».

Lei lo sentì sussultare e pochi secondi dopo la luce si riaccese. Lui si mise a sedere nel letto e si girò verso di lei. Il suo volto sembrava arrabbiato. Evidentemente non era stato l'approccio giusto.

«Credo sia meglio che io dorma sul divano».

Prima che potesse alzarsi dal letto, Sabrina gli mise una mano sul braccio e lo tirò indietro. «No».

Lui le lanciò un'occhiata stupita, ma non disse nulla.

«Hai promesso che avremmo condiviso il letto e hai anche promesso che mi avresti baciato. Hai intenzione di rimangiarti entrambe le promesse?».

Lui alzò le sopracciglia ma non parlò.

«Dannazione, Daniel, non mi hai baciata per tutto il giorno e stai facendo il broncio come se qualcuno ti avesse rubato il lecca-lecca. Perché diavolo non ti prendi quello che vuoi? Di sicuro hai pagato per questo». Ora sentiva la rabbia ribollire in lei. Come poteva un uomo essere così testardo?

Finalmente sembrò ritrovare la voce. «Non accetto ciò che non mi viene offerto liberamente», sibilò.

«Cosa vuoi che faccia? Che indossi un cartello con scritto "*scopami*"? Non posso farlo».

«Non scenderò così in basso da costringere una donna a fare sesso con me quando ovviamente non mi vuole, indipendentemente dal fatto che io abbia pagato o meno. Oggi hai detto chiaramente che non mi vuoi. Non avrei mai dovuto convincerti a fare questo weekend».

«Cosa?». Pensava di avergli dato segnali sufficienti per fargli capire che voleva che la toccasse. Aveva dimenticato completamente il massaggio e come aveva tremato sotto le sue mani?

«Non giocare con me. Ogni volta che ti tocco, ti irrigidisci».

Oddio, l'aveva completamente fraintesa. Avrebbe dovuto essere molto più esplicita per fargli arrivare il messaggio. Raccogliendo tutto il suo coraggio, si avvicinò a lui.

«Daniel, per favore». Sabrina lo guardò negli occhi, ma lui sembrava non capire. Gli prese la mano e la mosse lentamente, appoggiandola sul suo seno. «Fai l'amore con me».

«Perché l'ho pagato?».

Lei scosse la testa. «Perché lo voglio. Perché ho bisogno di sentirti dentro di me».

L'altra mano di Daniel raggiunse il viso di lei e lo accarezzò delicatamente. Daniel le scrutò gli occhi come per capire se intendesse davvero quello che aveva detto. «Sei sicura?».

Lei sentiva il suo respiro sul viso. «Baciami e lo scoprirai».

Nel momento in cui sentì le sue labbra sulle sue, il suo cuore ebbe un sussulto e le sembrò di svenire. Ma le sue labbra la mantennero cosciente. Era impossibile negare la loro chimica. Il suo bacio liberò tutta la tensione accumulata durante la giornata. Senza esitare, lei gli rispose, chiedendogli di giocare con la sua lingua e di invadere la sua bocca.

Si aggrappò a lui con una disperazione che non aveva mai conosciuto, finché all'improvviso sentì che lui si allontanava. Stupita, lo guardò. L'aveva scoraggiato con il suo comportamento?

«Dobbiamo parlare», disse con voce seria.

«No. Non parlare. Voglio sentirti».

Le afferrò i polsi prima che lei potesse tirarlo indietro contro il suo corpo. «Piccola, ho bisogno che tu capisca una cosa».

No. Non voleva sapere nulla. Non voleva affrontare la realtà, non quella in cui si trovavano.

«Guardami». Il suo tono era insistente.

«Se lo facciamo stasera, se facciamo l'amore, sei mia. Non ci sarà nessun passo indietro. Non accetterò più un no come risposta. Hai capito?».

Sabrina annuì. Aveva capito. Finché era a San Francisco e per tutto il tempo in cui l'aveva prenotata, avrebbe preteso che facesse sesso con lui e non avrebbe accettato altre scuse. Sì, lei aveva capito. E avrebbe accettato, perché lo voleva.

«Sì».

«Dio, mi sei mancata», esclamò Daniel e la trascinò di nuovo tra le sue braccia. Ridacchiò dolcemente. «Devo avvertirti che quelle docce fredde non hanno fatto nulla per raffreddare il mio desiderio per te».

Sabrina rise. «Non so perché ti sei preoccupato di provare. Mi hai quasi fatta venire sul lettino dei massaggi. Avresti potuto avermi lì e subito».

Daniel le rivolse uno sguardo sorpreso. «Ma eri tesa».

«Perché ero a circa sessanta secondi dall'orgasmo».

La baciò dolcemente. «Sono un tale idiota. Come posso farmi perdonare?».

«Posso pensare a una o due cose... o tre... o quattro». Sorrise.

Daniel rise ad alta voce e l'abbracciò forte, con una risata che gli attraversò tutto il corpo. Improvvisamente, tutto era di nuovo perfetto. Sabrina era venuta da lui e aveva ammesso di volerlo. Lui le aveva detto che la voleva per sempre e lei lo aveva accettato. Avrebbero definito i dettagli della loro vita insieme in un secondo momento. Ma ora, tutto ciò che voleva era fare l'amore con lei. Aveva già aspettato troppo a lungo.

Anche se poteva sentire i suoi seni attraverso la sottile camicia da notte, decise che lei indossava troppi vestiti. Avrebbe imposto la regola che d'ora in poi non le sarebbe stato permesso di indossare nulla a letto. Mai.

La sua bocca era avida quando catturò la sua, perché aveva più fame di lei di quanta ne avesse mai avuta. La consapevolezza di amare la donna tra le sue braccia rendeva ogni tocco e bacio doppiamente dolce. Non le aveva ancora dichiarato il suo amore, ma sapeva che lei lo sentiva. Presto l'avrebbe reso ufficiale.

Ma per stasera, si sarebbe limitato ad assaporare il suo primo passo, a godersi il fatto che fosse andata da lui. Sapeva che aveva bisogno di più tempo per assimilare tutte le implicazioni, ma aveva già fatto un grande passo avanti riconoscendo di essere sua.

L'unico piccolo ostacolo che doveva ancora superare era farle sapere che era consapevole che non era una escort. Ma questo non era un discorso da fare stasera. Dopo ventiquattro ore di sesso sarebbe stata pronta a fare questa conversazione, perché a quel punto si sarebbe resa conto di quanto lui la amasse. Lui se ne sarebbe assicurato.

Quando Daniel la liberò dalla camicia da notte e si sfilò i boxer, poté finalmente sentire Sabrina nel modo in cui aveva desiderato sentirla per tutto il giorno. Pelle nuda su pelle nuda, labbra chiuse, gambe intrecciate. Possessivamente, la sua mano si spostò sulle morbide curve del suo sedere e la tirò più vicino a sé. Con un sospiro, lei si arrese.

«Piccola, non sono mai stato così felice», le mormorò all'orecchio mentre andava a baciare l'invitante curva del suo grazioso collo fino all'incavo alla base.

Le mani di lei si aggirarono sul suo petto esplorandolo, ma prima che lui potesse registrare il suo tocco, lei si spostò verso sud. Un secondo dopo, avvolse la mano intorno alla sua erezione. Un profondo gemito proveniente dalle sue viscere risalì fino a uscire dalle sue labbra.

Con un solo tocco, quella donna poteva annullarlo completamente. La sua donna, si corresse. Il potere che aveva su di lui era spaventoso e allo stesso tempo eccitante.

«Fermati, tesoro, per favore. O mi farai venire all'istante».

Guardandola in viso, vide un sorriso malizioso allargarsi sulle sue labbra. «Siamo un po' sensibili, vero?».

«Disse la donna che è quasi venuta sul

lettino dei massaggi», scherzò Daniel. «Il che mi fa venire in mente. Cos'è che ti ha fatto scattare esattamente?».

Prima che lei potesse protestare, lui la girò a pancia in giù. «Penso che dovrei scoprirlo per poterlo sapere in futuro».

«Non credo che dovrei rivelare segreti del genere», lo stuzzicò Sabrina.

Si inginocchiò accanto a lei e le mise le mani sulla schiena. «Allora dovrò scoprirlo da solo». E le sue mani si misero al lavoro, muovendosi lentamente lungo il collo e le spalle, prima di immergersi più a fondo, accarezzando la spina dorsale e raggiungendo la curva della parte bassa della schiena.

Daniel notò un cambiamento nel suo respiro e capì esattamente in che direzione andare. Si spostò sul letto e, spingendo il ginocchio tra le sue cosce, la costrinse ad allargarle per fargli spazio. Lei si adeguò con un gemito di apprezzamento.

La sua erezione diventava sempre più dura e grande mentre guardava la posizione irresistibile che aveva assunto, accoccolato tra le sue cosce con le mani sui suoi fianchi. Era esattamente il tipo di posizione in cui la voleva.

Dolcemente, le mani di lui le massaggiarono le natiche, tracciando dei cerchi sulla pelle, muovendosi verso l'esterno fino ai fianchi e poi di nuovo verso l'interno e giù fino all'apice delle cosce. Sabrina sollevò il sedere verso le sue mani chiedendo di più e lui vide l'ingresso scintillante del suo centro femminile. L'umidità trasudava dalla sua fica rosea e carnosa.

Daniel fece scivolare la mano verso il basso e toccò la carne umida e calda. Immediatamente fu ricompensato dal gemito di lei.

«Posso indovinare cosa vuoi».

Facendo scorrere le dita lungo l'esterno delle sue pieghe femminili, affondò la testa sul suo sedere e le baciò la pelle. Ben presto, la sua lingua accorse in aiuto e leccò ogni centimetro delle sue cime gemelle. Il respiro di lei gli diceva che si stava avviando verso una conclusione molto soddisfacente. Le strattonò la pelle con i denti, mordendo delicatamente la sua carne morbida.

Daniel la sentì premere contro la sua mano, si arrese e fece scivolare il dito nella sua stretta apertura.

«Oh, Daniel!». La sua voce era roca e incontrollata.

Continuando a mordere e leccare il suo culo, aggiunse un altro dito e si mosse dentro e fuori il suo centro umido. Il corpo di lei si fletteva sotto il suo tocco, costringendolo a muoversi più velocemente e con più forza.

«Ti prego», lo implorò. «Riempimi, adesso».

Era più che pronto a unirsi a lei. Ma dove erano quei maledetti preservativi? «Aspetta, preservativo».

«Comodino, cassetto, dal mio lato», spiegò Sabrina tra un gemito e l'altro.

Sollevandosi, ma senza estrarre le dita da lei, si sforzò di raggiungere il cassetto, finché finalmente lo aprì ed estrasse un preservativo. Con i denti aprì l'involucro.

«Mi dispiace, piccola». Aveva bisogno di entrambe le mani per infilarlo. Ci vollero solo pochi secondi prima che fosse pronto e tirasse i fianchi di lei verso di lui.

«Ora, Daniel, per favore».

La sua erezione raggiunse il centro di Sabrina e la penetrò con un movimento lento, continuo e fluido, mentre assaporava ogni centimetro che immergeva in lei. Si tirò indietro e si tuffò di nuovo, ma per lei era già stato troppo. I suoi muscoli si strinsero intorno a lui mentre l'orgasmo la squarciava, rendendolo incapace di mantenere il proprio controllo. Si unì a lei nel rilascio mentre il suo cazzo sussultava incontrollato dentro di lei.

Daniel provò un'emozione mai provata prima, come se avesse assunto una droga e stesse galleggiando in aria. Non si trattava solo di una gratificazione sessuale. Essere fisicamente unito alla donna che amava e sapere quanto in là potevano spingersi l'un l'altra, portava con sé la consapevolezza di aver trovato ciò che aveva inconsciamente cercato per tutta la vita. La sua altra metà, la persona che lo completava.

Mentre crollavano, lui fece girare entrambi sul fianco, abbracciandola. Baciò il collo di

Sabrina, incapace di smettere di dimostrarle il suo affetto. Con la mano le scostò i capelli dal viso per guardarla. Lei girò il viso verso di lui.

I suoi occhi verdi sembravano più scuri di prima e aveva lo sguardo di una donna che sembrava completamente e totalmente soddisfatta. Il che non gli avrebbe impedito di fare di nuovo l'amore con lei a breve. Quella notte non avrebbero dormito, se lui avesse potuto evitarlo.

«Meglio di una doccia fredda, eh?», chiese Sabrina.

Daniel rise piano. «È meglio di qualsiasi altra cosa abbia mai fatto in vita mia». Prima che Sabrina avesse la possibilità di reagire al suo commento, lui le catturò le labbra con un bacio appassionato.

Nessun altro uomo era mai stato in grado di soddisfarla come lui. Sapeva che si sarebbe presa in giro da sola se avesse fatto finta di potersi allontanare da lui dopo quella settimana e andare avanti con la sua vita.

Sabrina lo guardò negli occhi marroni quando lui la liberò dal suo bacio e vide in essi un oceano di tenerezza. Sapeva che Daniel era un uomo passionale e forse era così che conduceva tutte le sue relazioni, dando il cento per cento di sé. Ma non significava che dopo questa settimana ci sarebbe stato qualcos'altro.

Ricordava il modo in cui lui aveva guardato la sua ex ragazza con freddezza e sapeva di non voler ricevere quel particolare sguardo. Una volta che rompeva con qualcuno, la sua passione si trasformava in ghiaccio e non c'era niente che lei odiasse di più del freddo. Doveva uscire da quella situazione prima che lui avesse la possibilità di attivare la macchina del ghiaccio.

Per il momento, naturalmente, non si vedeva nulla della tempesta di ghiaccio in arrivo. Al contrario, era più caldo che mai. Le sue mani si muovevano di nuovo sul suo corpo, le sue labbra e la sua lingua le seguivano, lasciando una scia di fuoco sulla sua pelle.

Doveva assorbire tutto quello che poteva,

prendere quello che lui era disposto a darle. Il bisogno dentro di lei cresceva esponenzialmente e la spaventava sapere che lui poteva risvegliare in lei emozioni così primordiali. Ma non aveva più paura di chiedere. Tra una settimana sarebbe finita, ma per il momento avrebbe preteso che lui facesse l'amore con lei ancora e ancora.

«Ti voglio dentro di me».

Era un barlume di orgoglio quello che vedeva nei suoi occhi? Non importava cosa fosse, ma solo che Daniel le rispondesse come lei voleva.

«Non c'è posto in cui preferirei essere se non dentro di te».

Questa volta, quando lui entrò in lei, il loro fare l'amore fu lento e deliberato. Era duro e ingrossato come prima, ma ora lei riusciva a percepire di più di lui mentre si addentrava lentamente in lei e poi altrettanto lentamente si tirava fuori, per poi ripetere il movimento un secondo dopo. E nemmeno per un istante interruppe il contatto visivo con lei, come se avesse bisogno di leggere nei suoi occhi ciò che provava mentre la impalava ancora e ancora.

Piccoli soffi di fiato le uscivano dal corpo a ogni colpo dell'asta di lui. Il suo corpo sembrava in fiamme, un fuoco che si diffondeva dal basso ventre verso tutte le cellule del suo corpo.

Daniel le sussurrò delle parole in italiano e, anche se lei non parlava italiano, il suo tono le fece capire che si trattava di termini affettuosi, un pensiero che la riscaldò ancora di più. Sapere che usava la lingua che gli aveva insegnato sua madre e che associava alla famiglia e all'amore, la faceva sentire più vicina a lui.

Non c'era altro da fare che abbandonarsi al suo tocco, lasciare che la travolgesse e la portasse ad altezze mai raggiunte prima, sentire il suo corpo fluttuare leggero come una nuvola. Sentire le onde infrangersi su di lei come se si trovasse sulla scia di una tempesta, sentirle crescere fino alla forza di un uragano e tuttavia non provare paura, ma solo attesa mentre raggiungeva il suo apice e poi travolgeva il suo corpo con più energia di una bomba atomica.

Sabrina lo sentì esplodere con lei, poté vedere nei suoi occhi l'attimo in cui raggiunse il suo orgasmo, che sembrava potente quanto il suo. Era più di quanto potesse sopportare. Sentì l'umidità negli occhi prima di capire cosa stava succedendo.

Solo quando sentì le sue labbra baciarle gli occhi capì che stava baciando via le sue lacrime. Non si era mai sentita così vulnerabile e allo stesso tempo così al sicuro. Se fosse riuscita ad aggrapparsi a questo momento e a portarlo con sé una volta che lui se ne fosse andato, avrebbe saputo che sarebbe stata bene nonostante tutto.

Più tardi, si accoccolò accanto a lui e sentì le sue forti braccia cullarla come se non avesse mai voluto lasciarla andare.

«È un peccato dover tornare a San Francisco domani», si lamentò.

Daniel le mise una mano sotto il mento e le alzò il viso per guardarla. «Vuoi che ci fermiamo più a lungo?».

«Mi piacerebbe molto, ma so che dovrai tornare in città per lavoro».

«Posso fare tutto quello che devo fare da qui. Domani mattina dirò al proprietario che prolungheremo il nostro soggiorno».

Sabrina lo baciò con trasporto. Sapeva che avrebbe dovuto darsi malata, ma non le importava. Erano tutti impegnati con il nuovo cliente e nessuno faceva caso a lei, tranne la persona da cui non voleva essere notata: Hannigan. Qualche giorno lontano dall'ufficio era proprio quello che le serviva. E voleva passare più tempo possibile con Daniel.

«Grazie. Adoro questo posto».

Lui si illuminò. «Anche a me piace molto qui», disse lasciando scivolare in modo eloquente un dito attraverso il triangolo di riccioli e si immerse nel suo cuore umido.

«Pensi mai a qualcos'altro?», lo prese in giro Sabrina.

«Certo, penso anche a questo». Daniel le prese il seno in mano e lo strinse. «O a questo». Abbassò la testa e le prese in bocca il capezzolo, succhiandolo delicatamente.

Lei dovette ridere e lui si unì a lei. Sapeva

essere tanto giocoso quanto sensuale, e tanto appassionato quanto tenero.

Quando le risate cessarono, Daniel la guardò come se volesse dirle qualcosa, ma invece si limitò a baciarla. Non c'era bisogno di parole.

19

Daniel si svegliò con Sabrina ben stretta tra le braccia. Dopo una lunga notte d'amore si erano finalmente addormentati verso le quattro del mattino. Non era mai stato uno che si attardava a letto, e ancor meno uno che rimaneva con una donna la mattina dopo. Con lei era diverso.

Non solo aveva dormito meglio tra le sue braccia di quanto avesse mai fatto da solo, ma anche se completamente sazio dopo la loro notte di passione, si sentì risvegliare dallo stesso desiderio che aveva avuto la notte precedente. Era tentato di svegliarla, ma si accontentò di guardare il suo viso sereno. Il suo petto si alzava ad ogni respiro e lui era incantato solo a guardarla.

Ricordando tutto quello che avevano fatto la sera prima, si rese conto che lei aveva bisogno di riposare e di nutrirsi. Diede un'occhiata all'orologio. Erano le dieci passate e lei si sarebbe svegliata con lo stomaco brontolante. La notte scorsa non avevano solo infiammato le lenzuola, ma anche bruciato calorie, tante calorie. E se voleva che le sue curve seducenti rimanessero così com'erano, doveva assolutamente nutrirla e reintegrare le calorie perse. E voleva assolutamente che quelle curve rimanessero così com'erano. Non poteva immaginare niente di meglio fra le sue mani.

La sera prima era stato sul punto di dichiararle il suo amore, ma all'ultimo momento si era fermato. Non perché fosse insicuro - non lo era - ma perché voleva prima che tutto il resto fosse chiarito tra loro. Ripensando a ciò che Holly gli aveva detto, si chiedeva ancora come affrontare l'argomento. Non voleva commettere un errore.

Di certo non poteva pensare a stomaco vuoto. Con la massima delicatezza possibile, Daniel si staccò dalle sue braccia e si alzò. Fece una doccia veloce prima di saltare in macchina per trovare il negozio più vicino per prendere qualche dolcetto da colazione e un caffè decente.

Dopo essersi fermato nella casa principale per prolungare il loro soggiorno a tempo indeterminato, tornò e trovò la camera da letto vuota. Voleva sorprendere Sabrina con la colazione a letto, ma lei si era già svegliata. Sentì la doccia e fu felice di scoprire che la porta del bagno era aperta.

Era un'occasione che non poteva lasciarsi sfuggire. Rapidamente, si spogliò e si intrufolò nel bagno. Lei era sotto la doccia nella sua splendida nudità e non lo aveva visto né sentito entrare. Daniel lasciò che i propri occhi scrutassero il suo corpo lussureggiante e fece un respiro profondo. Non ne avrebbe mai avuto abbastanza di lei.

In silenzio, si avvicinò alla doccia e si

mise dietro Sabrina. La prese in braccio e capì di averla sorpresa quando lei emise un grido di sorpresa.

«Buongiorno», le sussurrò all'orecchio, mordicchiandole intanto il lobo.

«Sei tornato», disse lei girandosi tra le sue braccia e guardandolo.

«Niente può tenermi lontano da te a lungo. Ma ho dovuto procurarci la colazione. Hai fame?».

Lei annuì e lui vide un guizzo di desiderio nei suoi occhi. «Mmm hmm».

Non gli serviva altro come invito. «Quanta fame?».

«Sono affamata quanto te». Lo sguardo di lei si abbassò e si posò sulla crescente erezione di Daniel, che già premeva contro il suo stomaco. Sabrina poteva incendiarlo con un solo sguardo. La sua fame di cibo fu immediatamente dimenticata.

Non appena le braccia di lei gli circondarono il collo, lui la baciò. Erano passate troppe ore dall'ultima volta che aveva sentito le sue labbra sulle sue e aveva danzato con la sua lingua. Nel giro di pochi secondi era completamente eccitato, e con sgomento si rese conto di aver lasciato i maledetti preservativi in camera da letto.

Non aveva mai fatto sesso con una donna senza preservativo, non per paura di malattie, ma soprattutto perché non si era mai fidato di nessuna delle sue ex fidanzate da essere sicuro che non volessero incastrarlo con una gravidanza. Con Sabrina, non desiderava altro che piantare il suo seme in lei e vederlo crescere. C'era qualcosa di così eccitante, così potente nel pensiero che lei potesse avere un *figlio* da lui, che il pensiero lo travolse improvvisamente. Avrebbe confessato tutto oggi. Era impossibile aspettare ancora.

Daniel la strinse di più a sé e girò entrambi per spingerla contro la parete di piastrelle. Quando i suoi occhi incontrarono i suoi, vide che lei sapeva cosa stava per fare. E che non poteva aspettare.

«Avvolgi le gambe intorno a me», sentì dire alla sua voce, come in trance. Le sue braccia la sostennero mentre la sollevava per allinearla con la sua erezione desiderosa. Le sue gambe si avvolsero avidamente intorno a lui, attirandolo nel suo centro.

«Ti amo», sussurrò teneramente prima di catturare le sue labbra e impalarla centimetro dopo centimetro.

Quelle parole le fecero un certo effetto. Anche se Sabrina non parlava italiano, aveva visto abbastanza film per capirne il significato. Era impossibile che Daniel la amasse, eppure si lasciò trascinare. Non capiva perché non usasse una protezione, visto che la considerava una escort professionista. Non capiva nemmeno perché non lo avesse fermato.

Non prendeva la pillola e avrebbe potuto facilmente rimanere incinta, ma nemmeno questo pensiero la fermò. All'improvviso non desiderava altro che averlo dentro di sé e avere qualcosa di suo, qualcosa che sarebbe rimasto anche se lui non ci fosse stato più.

Sabrina inclinò i fianchi verso di lui e strinse le gambe intorno a lui, costringendolo ad andare più a fondo; e come se avesse capito cosa voleva, Daniel spinse più a fondo. I suoi gemiti divennero incontrollati mentre il suo corpo oscillava dentro di lei. Teneva gli occhi chiusi mentre gettava la testa all'indietro come per ululare alla luna; le sue mani scavavano nei fianchi di lei e la sua asta la penetrava con forza.

Bloccata contro il muro, Sabrina riusciva a malapena a muoversi, non poteva allontanarsi da lui. Non che volesse farlo. Daniel la riempiva completamente, come se fosse la parte mancante della sua vita. Le emozioni che provava erano nuove per lei, nuove e assolutamente primordiali.

La sua testa si riempì di immagini di stelle nel cielo notturno, onde dell'oceano che si infrangevano e la semplice bellezza di essere toccata da lui. Le sue mani percorsero i capelli bagnati di lui e lo riportarono verso il suo viso.

I suoi occhi si aprirono di scatto e lei vide segni di desiderio, lussuria e... tenerezza.

«*Per sempre*», sussurrò Daniel e premette le labbra sulle sue, poi le invase la bocca con la lingua e la saccheggiò come se fosse la grotta dei tesori di Ali Baba. Lei non aveva mai sentito un bacio così possessivo. Un marchio a fuoco non avrebbe potuto dire in modo più chiaro che lei era sua, che Daniel si stava assicurando che non avrebbe mai voluto baciare un altro uomo, che non avrebbe mai voluto essere toccata da nessun altro.

Ogni cellula del corpo di Sabrina si riempì della sua essenza, del suo profumo, della sua energia, alterando in modo permanente il suo stesso essere, risvegliando tutto ciò che di femminile c'era in lei e bandendo il pensiero di qualsiasi altra cosa. Nelle sue mani, lei era esclusivamente una donna. Non un avvocato, non una figlia, non un'amica. Solo una donna, la sua donna. Per oggi, per questa settimana.

Poi la mandò oltre il limite e continuò a penetrarla mentre l'orgasmo la divorava. I tremori che scuotevano il suo corpo furono amplificati dal climax di lui, che seguì il suo dopo pochi secondi. Sentì il caldo spruzzo del suo seme che la riempiva e si strinse forte intorno al suo cazzo per prendere tutto quello che aveva da dare. E ne voleva ancora.

Il suono del campanello della porta la spaventò e le ricordò che c'era un mondo là fuori. Si guardarono l'un l'altro.

«Probabilmente è la governante. Le ho chiesto di portarci degli asciugamani extra per la piscina», pensò Daniel e la baciò teneramente. «Torno subito».

«Promesso?».

Sorrise. «Pensi davvero che possa stare lontano da te per più di trenta secondi?».

Il campanello della porta suonò di nuovo. Sabrina lo baciò e lui, a malincuore, si tirò fuori da lei e la posò delicatamente a terra.

«Trenta secondi al massimo», le assicurò. «Dio, sei bellissima!». La baciò di nuovo.

«Arrivo», disse poi verso la porta, uscì dalla doccia e si avvolse velocemente un grande asciugamano intorno alla parte inferiore.

Accidenti, che momento per essere interrotti. Non appena la governante se ne fosse andata, sarebbe tornato subito da lei e avrebbe confessato tutto. E non poteva accadere un minuto troppo presto. Sabrina era pronta. Si fidava di lui. L'aveva visto nei suoi occhi.

«Signora Meyer, grazie...». La voce di Daniel gli si bloccò in gola non appena aprì la porta del cottage e vide la persona che aveva suonato il campanello.

Cazzo!

Se pensava che Audrey che si presentava al suo hotel fosse stata una brutta cosa, quella non sapeva proprio come definirla. Un inferno?

Accaldato e infastidito in abito da lavoro, l'uomo stava in piedi, tenendo saldamente in mano un grosso fascicolo legale, in procinto di assaltare di nuovo il campanello.

«Ah, signor Sinclair, mi dispiace disturbarla di domenica mattina. Jon Hannigan, di Brand, Freeman & Merriweather».

Daniel non aveva bisogno di presentazioni. Come poteva dimenticare il bastardo che stava molestando Sabrina? Lo avrebbe riconosciuto ovunque.

«Sì?». Non fece alcuna mossa per invitare Hannigan a entrare, anzi, bloccò la porta.

«Non siamo riusciti a contattarla. Non è una zona ideale per i cellulari qui a Sonoma». Hannigan tentò di fare conversazione.

Daniel non fece alcun commento. Doveva picchiarlo ora o più tardi? Il suo visitatore sembrò percepire lo scomodo silenzio.

«Il signor Merriweather mi ha mandato a chiedere una firma urgente da parte sua. L'obbligazione di contingenza? Ha detto che te ne aveva parlato».

«Sì», ribatté Daniel. «Dove devo firmare?».

«Dovrei esaminare il documento con lei. È per questo che il signor Merriweather non l'ha inviato per corriere». Cercò di fare un passo avanti, ma Daniel non si mosse dal suo posto sulla porta.

«Non sarà necessario. Penna?».

Nervosamente, l'avvocato cercò una penna nel suo abito, battendo su entrambi i lati delle tasche interne, ma non trovò nulla. «Mi dispiace molto. Devo averla persa. Non ne ha una lei?».

Il livello di rabbia di Daniel era già al punto di ebollizione. «Aspetti qui».

Tornò indietro di due passi per arrivare in cucina e aprì un paio di cassetti prima di trovare una penna.

«Daniel, pensi che la governante possa...». La voce di Sabrina giunse da dietro di lui e si interruppe improvvisamente.

Lui si voltò all'istante.

«Sabrina?» disse Hannigan. Entrò nel cottage e la guardò dritto in faccia mentre lei stava nella stanza avvolta solo da un asciugamano.

«Oh no!» Sabrina urlò.

«Ma che diavolo?». Hannigan spostava lo sguardo da Daniel a lei e viceversa. «Brutta stronza. Dovevi scoparti il nostro cliente più ricco, vero?».

Daniel bloccò immediatamente Hannigan dall'avvicinarsi a lei. «Sabrina, torna in camera da letto. Mi occuperò io di lui».

Hannigan non sapeva quando stare zitto. «Quindi sì che allarga le gambe, per il giusto prezzo».

In quel momento Daniel vide rosso.

Nessuno aveva il diritto di insultarla. «Vattene via, cazzo!», tuonò. «Vattene finché sei ancora in grado di camminare!». Un aereo supersonico non avrebbe potuto creare onde sonore più potenti.

Si precipitò verso Hannigan, che indietreggiò immediatamente, riconoscendo la cruda brutalità nascosta sotto le parole di Daniel. C'era una promessa di violenza nell'aria, mentre le sue narici si agitavano pericolosamente. Hannigan non aspettò di scoprire di cosa fosse capace Daniel e scappò.

Con la forza di un temporale Daniel sbatté la porta e si voltò. Sabrina era uscita dalla cucina.

Le mani di Sabrina tremavano violentemente mentre tirava i pantaloncini sulle cosce e chiudeva la zip. Il tremore non accennava a diminuire, ma doveva mettersi la maglietta. Non importava che i suoi capelli fossero ancora bagnati. Doveva uscire di lì.

Daniel l'aveva chiamata *Sabrina*. Sapeva il suo nome, sapeva chi era! Non c'era stata alcuna sorpresa quando Hannigan aveva pronunciato il suo nome.

«Sabrina», sentì la voce di Daniel che si precipitava in camera da letto.

Si lisciò velocemente la maglietta.

«Dobbiamo parlare».

Ora voleva parlare? Santo cielo, quell'uomo aveva tempismo. Cercò la sua borsetta.

«Cosa stai facendo?». Sembrava frenetico.

«Me ne vado».

«No. Sabrina. Non puoi andartene».

Non aveva il diritto di dirle cosa fare o non fare. «Ti sei preso gioco di me. Tu, tu sapevi tutto. Ti sei divertito a ridere alle mie spalle? Ti è piaciuto?». La sua voce era stridula.

«Non ti ho mai preso in giro. Per favore. Volevo parlarti oggi».

Lei gli rivolse uno sguardo sarcastico. «Ma certo». Parlare di cosa? Che l'aveva scoperta? Che aveva deciso di giocare con lei, per vedere fino a che punto si sarebbe spinta? «Come? Come facevi a saperlo?».

Ora si rendeva conto che era *lui* il ricco cliente della East Coast di cui tutto l'ufficio aveva parlato. Ecco perché Hannigan era qui, non perché perseguitasse *lei*, ma perché stava cercando Daniel. Era così che l'aveva capito? L'aveva vista in ufficio?

«La tua amica, Holly».

«Holly?».

«Ha confessato quando ho prenotato per questo fine settimana».

Fu una pugnalata che la colpì duramente. La sua migliore amica l'aveva tradita. Come avrebbe potuto? Erano cresciute insieme, si erano prese cura l'una dell'altra. «Non ho amici».

«Sabrina, ascolta. Cosa ti aspettavi che facessi? Hai finto di essere una escort e io ho accettato. Non ho mai voluto farti del male. Voglio stare con te. C'è qualcosa di speciale tra noi. Ti amo».

Ignorò le tre parole a cui avrebbe voluto credere. Come poteva amarla? «Ero la tua puttana! Hai pagato per i miei servizi e io ti ho dato quello per cui hai pagato».

«Non ti ho mai trattato così. Lo sai bene quanto me».

«Avanti, dillo. Ero la tua puttana. È tutto quello che sono stata. È tutto quello che posso darti». Perché se gli avesse dato qualcosa di più, lui l'avrebbe ferita ancora di più. Aveva già dato più di quanto avesse mai dato a un uomo. E i sentimenti che lui aveva risvegliato in lei, li avrebbe distrutti in seguito. Le sue smancerie italiane a letto facevano parte dell'intero spettacolo. E lei era stata così stupida da cascarci, mentre lui le aveva mentito per tutto il tempo.

«Non è vero. Guardami! Non è vero. Mi hai dato molto di più. Ci siamo dati tanto l'un l'altro. Non puoi negare quello che ci è successo, per favore, dimmi che lo senti anche tu. So che lo senti, Sabrina». Daniel si avvicinò a lei, allungando le braccia, ma lei fece un passo indietro.

«Non toccarmi!». Sabrina sapeva che se lui le avesse messo le mani addosso e l'avesse premuta contro il suo corpo seminudo, avrebbe perso ogni razionalità e si sarebbe arresa a lui.

Doveva fermare tutto, ora e per sempre. Non avrebbe potuto ottenere nulla da tutto ciò. Come avrebbe potuto rispettarla, sapendo quello che aveva fatto, che era andata a letto con lui per soldi? Come una comune prostituta. Si sarebbe svegliato l'indomani, quando il suo desiderio per lei sarebbe stato ormai spento, e sarebbe tornato in sé. Ma lei non sarebbe rimasta a guardare il disprezzo nei suoi occhi.

«Ti sei divertito. Smetti finché sei in tempo. Sarà una bella storia da raccontare ai tuoi amici a casa. Se non ti sei divertito, ti rimborserò».

«Perché lo stai trasformando in qualcosa di squallido? Di cosa hai paura?».

Sabrina gli lanciò uno sguardo tormentato. Aveva paura che le si spezzasse il cuore. «Considera la prenotazione annullata».

«Col cavolo che lo farò! Sabrina, tu mi appartieni».

Lei lo fissò. «No. Non ti appartengo. Non ti apparterrò mai. Hannigan aveva ragione.

Anche io ho aperto le gambe per il giusto prezzo. E tu non puoi pagare il mio prezzo, non più». Il suo prezzo era il suo amore e il suo rispetto, qualcosa che non avrebbe mai potuto darle. Quale uomo avrebbe mai rispettato una donna che aveva fatto quello che aveva fatto lei? Era meglio che tagliasse adesso.

Sabrina prese la borsetta e corse verso la porta.

«Sabrina», le urlò Daniel. «Non è finita qui. Mi hai sentito?».

Era finita. Sabrina aveva ferito solo il suo orgoglio. Ma il dolore che sentiva lei era più profondo. Si era innamorata dell'uomo che era andato a letto con lei pensando che fosse una prostituta. Non poteva provare alcun sentimento reale per lei. Per lui era stata solo un giocattolo nuovo e luccicante, qualcosa di diverso. Qualcosa con cui divertirsi. Domani se ne sarebbe reso conto e le sarebbe stato grato per avergli dato una via d'uscita.

20

La figlia del vinaio aveva avuto pietà di Sabrina e le aveva offerto un passaggio per tornare a San Francisco. Sabrina era troppo sconvolta per rifiutare la gentile offerta.

Sbatté la porta del suo appartamento dietro di sé e il rumore avvertì Holly del suo ritorno prematuro. Pochi secondi dopo, apparve in cucina.

«Cosa ci fai a casa così presto?». Holly la salutò con uno sguardo davvero sorpreso.

«Non parlerò con te!». Sabrina scattò e si diresse verso la sua stanza.

Holly trasalì visibilmente. «Cosa è successo?»

Si girò verso la porta. «Perché non me lo dici tu, visto che sai tutto il resto?».

«Sabrina, per favore...».

Lei la interruppe. «Non farlo! Non voglio ascoltare altre bugie oggi. Ne ho già abbastanza. Non me lo sarei aspettato proprio da te. Tradirmi in questo modo. Come hai potuto dirglielo? Ti odio!».

Entrò nella sua stanza e si chiuse la porta alle spalle. Ora non aveva più nessuna spalla su cui piangere. Sapere che la sua migliore amica l'aveva tradita era più di quanto potesse sopportare.

Durante il viaggio da Sonoma, aveva già pianto più del dovuto. Non avrebbe versato un'altra lacrima, non per lui e nemmeno per la sua migliore amica.

Aprì di nuovo la porta e si precipitò in cucina. Non appena aprì il freezer, si rese conto che, a parte un sacchetto di waffle mangiato a metà, era vuoto.

«Dove diavolo è il mio gelato?», urlò furiosa. Holly decise di non risponderle.

Sabrina aveva bisogno del suo cibo di conforto, e ne aveva bisogno ora, prima di andare in crisi. Sapeva di essere aggrappata a un filo. Prese una banconota da venti dollari dalla borsa e corse verso la porta. Poteva arrivare fino al negozio all'angolo e tornare indietro. Ci volevano solo pochi minuti.

Dopo essere corsa giù per le scale, aprì con uno strattone la porta dell'edificio e si bloccò. Non si aspettava che lui la seguisse, non così velocemente.

«Sabrina». La voce di Daniel era dolce e implorante. I suoi capelli erano scompigliati dal vento. Evidentemente non si era preoccupato di asciugarli prima di saltare in macchina per seguirla.

«Lasciami in pace».

Sapeva di avere il volto rigato dalle lacrime e cercò di allontanarsi da lui. Ma lui fu più veloce e la prese per le spalle prima che potesse scappare.

«Mi dispiace, piccola. Non volevo farti del male. Torna da me. Ho bisogno di te».

Sabrina si sforzò di scrollarsi di dosso le

sue mani, ma lui non la lasciò. «Lasciami andare».

«Mi dispiace, avrei dovuto dirtelo prima, ma avevo paura che saresti scappata senza darmi una possibilità. Sabrina, sono innamorato di te e so che anche tu provi qualcosa per me».

Lo guardò dritto in faccia e improvvisamente capì come liberarsi di lui. Avrebbe dovuto mentire, ma che differenza avrebbe fatto un'altra bugia?

«Non provo nulla per te. Per me si trattava solo di sesso». Lei notò che l'espressione del suo viso si era indurita. «Volevo solo un'avventura e tu me l'hai offerta. Non ci ho mai messo il cuore».

Quando sentì che la sua presa si allentava e le sue mani si staccavano dalle sue spalle, capì che aveva recepito il messaggio. Era libera. Non l'avrebbe più inseguita.

«Se è così...». Ora sembrava freddo, inavvicinabile.

«Sì, è proprio così», confermò lei. Due secondi dopo, si infilò di nuovo nell'edificio e si chiuse la pesante porta alle spalle. Ma non riuscì a superare la prima rampa di scale prima di crollare, singhiozzando in modo incontrollato.

Tra qualche mese, lui sarebbe stato solo un lontano ricordo. Doveva lasciarsi tutto alle spalle. Anche se lui aveva detto di amarla, lei sapeva che non era vero.

Il giorno dopo, Sabrina si diede malata. Il giorno successivo, non riusciva ancora a vedere nessuno, e rimase di nuovo a casa.

Quando nel pomeriggio suonò il campanello della porta, lei era ancora in accappatoio. Holly era fuori.

«Chi è?» rispose cautamente al citofono. Se fosse stato Daniel, non avrebbe aperto.

«Corriere con una lettera per una certa Sabrina Parker. Ho bisogno di una firma».

Gi aprì e pochi istanti dopo il postino in bicicletta era alla sua porta. Firmò per la busta e rientrò in casa.

L'indirizzo di ritorno mostrava il timbro della sua azienda. Il suo cuore affondò nelle viscere. Una lettera consegnata a mano da un datore di lavoro non è mai un buon segno.

Le sue mani tremarono mentre la apriva.

... siamo spiacenti di informarla che il suo rapporto di lavoro è terminato con effetto ...

Non poteva leggere oltre. L'avevano licenziata. Proprio così. E potevano farlo. Il suo impiego era *a discrezione*. Inoltre, era ancora nel periodo di prova di sei mesi. Non dovevano nemmeno darle una motivazione. E non l'avevano fatto. Il che era stato intelligente da parte loro. Senza sapere il motivo, non poteva opporsi.

Sprofondò sul divano. Non poteva essere vero.

Daniel entrò nell'atrio dello studio Brand, Freeman & Merriweather. La receptionist lo salutò immediatamente.

«Signor Sinclair, buon pomeriggio». Guardò il calendario davanti a sé. «Non vedo il suo appuntamento. Il signor Merriweather la sta aspettando?».

Scosse la testa. Non era qui per vedere il suo avvocato. Negli ultimi tre giorni aveva rimuginato sulle parole di Sabrina. Il suo umore era andato di male in peggio e aveva cancellato tutti i suoi incontri di lavoro, fregandosene altamente se l'intero affare fosse andato in fumo per questo motivo.

Gli ci erano voluti tre giorni per arrivare alla conclusione che lei aveva mentito quando gli aveva detto di non provare nulla per lui. Dopo aver analizzato e rianalizzato quello che era successo la notte nel cottage, quando le aveva baciato via le lacrime dopo aver fatto l'amore, era quasi certo che lei avesse mentito.

Ma ciò che aveva portato la conferma assoluta era stata l'inaspettata confessione di Tim durante il pranzo di oggi. La rivelazione che lui e la vera Holly erano buoni amici e che volevano organizzare un appuntamento al buio per lui e Sabrina era stata per lui una sorpresa assoluta. E poi gli aveva raccontato di come Sabrina avesse pianto sulla spalla di Holly quando aveva pensato che lui stesse ancora con Audrey. Una prova inconfutabile del fatto che provava qualcosa per lui.

Sabrina era una pessima bugiarda. Ci aveva messo il cuore fin dall'inizio; ora se ne rendeva conto. Non avrebbe mai accettato la seconda serata e il weekend se non avesse già iniziato a provare qualcosa per lui.

E poi c'era qualcos'altro. Quando erano stati insieme nel cottage, lui aveva visto i pochi oggetti da bagno che lei aveva portato, ma non aveva visto nessun contraccettivo orale. Era quasi certo che lei non prendesse la pillola, eppure lo aveva lasciato entrare in lei senza protezione. Non riusciva a immaginare che una donna che sosteneva che si trattava solo di sesso, senza che il cuore fosse coinvolto, rischiasse una gravidanza.

«Sono qui per vedere Sabrina», annunciò Daniel alla receptionist.

Lei gli lanciò un'occhiata stupita. «Sabrina?».

«Sì».

«Signor Sinclair». Si schiarì la gola e

abbassò la voce. «Sabrina non lavora più qui».

«Cosa?».

«È stata licenziata».

Licenziata! Non aveva dubbi su chi ci fosse dietro quella decisione. Il bastardo l'aveva licenziata. Hannigan! Avrebbe affrontato quello stronzo.

«Dov'è Hannigan?». La sua voce aveva assunto un tono tagliente.

L'addetta alla reception gli lanciò un'occhiata stupida ma gli indicò una porta dall'altra parte dell'atrio. «È nel suo ufficio. Immagino che non voglia che la annunci?». Aveva un inspiegabile sorriso sul viso.

«Non sarà necessario».

Senza esitare, Daniel attraversò l'atrio e si diresse verso l'ufficio di Hannigan. Non si preoccupò di bussare e aprì la porta con una mossa rapida.

Hannigan era al telefono, ma non appena vide Daniel, balzò in piedi dalla scrivania, con gli occhi spalancati dallo shock.

«Ti richiamo io», disse al telefono e mise giù frettolosamente il ricevitore. La sua voce era nervosa ed era chiaro che sapeva che Daniel non era qui per un incontro di lavoro. Era una questione personale.

«Hannigan, piccola merda!». Non gli importava che la sua voce si propagasse fino all'atrio.

«Esci o chiamo la sicurezza», avvertì Hannigan.

Daniel fece altri passi nella stanza, passi lenti e deliberati verso quella faina, che aveva la fronte imperlata di sudore.

«Pensi che abbia paura della sicurezza?». Daniel rise, ma non era una risata amichevole. «Quando avrò finito con te, non avrai bisogno della sicurezza, ma di un'ambulanza».

Istintivamente, Hannigan fece un passo indietro verso la finestra. «Non oseresti mai!».

Altri tre passi e Daniel gli fu addosso. «Questo è per aver molestato Sabrina», ringhiò e lanciò un pugno in faccia al suo avversario così velocemente che l'uomo non ebbe nemmeno il tempo di reagire.

Hannigan si piegò sotto l'impatto e cadde

contro la finestra. Daniel gli afferrò il bavero della giacca e lo tirò indietro. Non aveva ancora finito con quel bastardo.

«Forza, reagisci, piccolo verme!».

Hannigan alzò le mani per proteggersi il viso e Daniel gli sferrò un pugno in pancia.

«E questo per averla licenziata!».

Il viscido si girò su se stesso. «Aiuto! Qualcuno mi aiuti!» urlò verso la porta.

Daniel sentì un rumore alla porta ma non si voltò. Rendendosi conto che nessuno stava venendo in suo aiuto, Hannigan iniziò finalmente a difendersi e sferrò un pugno in faccia a Daniel. La testa di Daniel scattò di lato e poi rimbalzò indietro.

«Grazie!». Finalmente quello stronzo gli aveva dato un motivo per picchiarlo a sangue. Non era divertente picchiare un uomo che non si difendeva.

I pugni volarono, colpendo volti, toraci e stomaci. Hannigan era un tipo pesante, ma Daniel compensava con la sua agilità e la sua motivazione. Stava difendendo la sua donna. Quale motivazione più forte potrebbe desiderare un uomo?

Voci soffocate si propagarono dalla porta all'interno della stanza. Diversi membri del personale erano venuti a vedere il motivo del trambusto.

Daniel assestò un altro gancio in faccia ad Hannigan che finì immediatamente a terra. Lo seguì subito dopo.

«Che diavolo sta succedendo qui?», una voce autorevole spense gli sghignazzamenti dello staff.

Daniel si voltò per vedere entrare il signor Merriweather. Non gli sfuggì che le segretarie avevano un enorme sorriso sul volto. Sembrava che Hannigan non fosse esattamente popolare tra il personale femminile.

«Jon! Signor Sinclair! Spiegatevi!».

In attesa, si mise vicino alla porta e guardò i due avversari mentre si alzavano dal pavimento. Prima che Hannigan o Daniel potessero dire una parola, Merriweather si voltò verso i dipendenti che si stavano riversando nella stanza.

«Non avete del lavoro da fare?».

Immediatamente tutti si dispersero e

Merriweather sbatté la porta dietro di loro. «Signori? Qual è il motivo di questa indecorosa esibizione di testosterone?». Merriweather era ancora in attesa di una spiegazione e lanciò a entrambi uno sguardo severo.

«Mi ha attaccato!» sputò Hannigan.

Daniel lo minacciò con un altro gancio. «Questo stronzetto qui si è vendicato di Sabrina licenziandola».

«Signor Sinclair. Non è certo una sua preoccupazione se licenziamo o meno il nostro personale». Merriweather si acciglió.

«È una mia preoccupazione. Hannigan la molesta da quando ha iniziato a lavorare qui».

«Non è vero!» Hannigan protestò.

Daniel lo ignorò. «E quando ha capito che lei non avrebbe mai ceduto alle sue avances, ha deciso di licenziarla».

«Sono io che prendo queste decisioni, signor Sinclair. Non che siano affari suoi, ma Sabrina è stata licenziata perché ha trascurato il suo lavoro».

«Chi lo dice?».

«Me l'ha fatto notare il signor Hannigan. Ha supervisionato il suo lavoro», si accigliò Merriweather.

Daniel lanciò un'occhiata furiosa ad Hannigan. «Beh, il signor Hannigan ti ha anche fatto notare che ha sorpreso me e Sabrina durante il nostro weekend di vacanza a Sonoma? Le ha fatto notare che l'ha accusata di essere una puttana per essere venuta a letto con me? L'ha fatto?».

Merriweather sbiancò. Era chiaro che non conosceva nessun dettaglio.

«Non direi».

«Jon? È vero?» Merriweather abbaiò, ma non ricevette risposta. «Dannazione, Jon. Ero disposto a sorvolare sui tuoi comportamenti quando si trattava delle segretarie, ma adesso stai esagerando!».

Si rivolse al suo cliente. «Signor Sinclair. Rimedieremo a questa situazione».

«La ascolto», disse Daniel in attesa.

«Jon, raccogli i tuoi effetti personali e vattene. Lo studio non ha più bisogno di te». Merriweather era pragmatico. Era più saggio perdere un socio che sarebbe diventato un peso per lo studio, piuttosto che far arrabbiare un cliente redditizio.

«Mi stai licenziando? Non puoi farlo!». Hannigan era fuori di sé. «Quella puttanella! Solo perché si scopa un cliente ricco, all'improvviso ha campo libero e io vengo fregato!». La sua faccia era rossa come un pomodoro maturo.

Daniel si voltò e colpì Hannigan con un pugno nell'addome. Hannigan si piegò su se stesso e cadde in ginocchio, tenendosi lo stomaco, con il volto contorto dal dolore.

«Mai, mi hai sentito, mai parlare così della donna che amo. È chiaro?».

«Jon, se non te ne vai entro dieci minuti, ti farò portare via dall'edificio dalla sicurezza. Signor Sinclair, la prego di raggiungermi nel mio ufficio».

Una volta arrivato nell'ufficio privato di Merriweather, Daniel finalmente si rilassò. L'azione decisa del suo avvocato di licenziare Hannigan sul posto lo aveva in qualche modo tranquillizzato. Avrebbe dato all'azienda un'altra possibilità, anche se era pronto a ritirare il suo conto.

«Signor Sinclair, mi permetta di dire a nome dell'azienda che se fossimo stati a conoscenza di tutto ciò, questo non sarebbe certamente accaduto. La preghiamo di accettare le nostre scuse».

Daniel annuì e si sedette sul divano.

«Naturalmente non avevo idea che lei e Sabrina... beh, avevo avuto l'impressione che lei fosse stato indirizzato a noi da un altro cliente e non da Sabrina», chiese per ottenere ulteriori informazioni mentre continuava a stare in piedi.

«Le informazioni erano corrette. Sono stato indirizzato a voi da un altro cliente». Daniel non aggiunse altro.

«Naturalmente la reintegreremo, poiché è evidente che il signor Hannigan mi ha fornito informazioni inesatte sul suo lavoro. Non avrei dovuto basarmi solo sulle sue informazioni e anzi indagare di persona, ma le circostanze... In ogni caso, le invierò subito un messaggio personale, insieme alle scuse dello studio». La sua dichiarazione rasentava l'umiliazione.

Daniel gli fece cenno di sedersi e lui si

adeguò.

«Avevo in mente qualcos'altro. Vorrei che lei redigesse un contratto di lavoro per lei», esordì Daniel.

«Certo. Certamente. Possiamo usare il nostro contratto standard e apportare tutte le modifiche che suggerisce». Sembrava ansioso di accontentarlo.

Daniel scosse la testa. «Non sto parlando di un contratto di lavoro tra lei e la sua azienda, ma tra lei e me».

Merriweather sembrava stupito mentre cercava di elaborare le parole di Daniel. «Vuoi assumere Sabrina?».

La sua espressione passò dalla sorpresa all'incredulità e poi allo shock quando Daniel espose i termini che voleva fossero inseriti nel contratto.

«Non può pensare che Sabrina firmi un contratto del genere». Merriweather deglutì.

«So esattamente cosa farà quando lo leggerà», rispose Daniel. Sperava di avere ragione. Per una volta si era fidato del suo istinto. Sperava di non sbagliarsi questa volta.

21

La settimana era quasi finita e Sabrina era stata impegnata ad aggiornare il suo curriculum e a inviarlo a diverse agenzie di lavoro. Le prospettive non erano rosee. C'erano periodi specifici dell'anno in cui gli uffici legali assumevano e lei aveva mancato di poche settimane il periodo più importante per le assunzioni.

    Aveva preso almeno due chili nei cinque giorni in cui era rimasta a casa, trangugiando vaschette intere di gelato ogni volta che era depressa e si sentiva dispiaciuta per se stessa, il che accadeva quotidianamente.

L'unica cosa positiva che era successa durante la settimana era che lei e Holly avevano fatto pace, dopo che Holly le aveva detto tutta la verità.

«Io e Tim avevamo solo buone intenzioni. Pensavamo che foste perfetti l'uno per l'altra. Tim mi ha parlato così tanto di Daniel che ero assolutamente sicura che avrebbe funzionato. Avremmo dovuto aspettare un momento migliore e fare una cena informale solo noi quattro. È stata un'idea stupida. Mi dispiace tanto». Lo sguardo di Holly era sincero.

«Non ha più importanza. È finita e non c'è nulla che io possa fare per cambiare le cose». Sabrina cercò di sembrare indifferente. «Non ha mai provato a contattarmi dopo che gli ho detto che non voglio più vederlo. Ho detto cose che ora non posso rimangiarmi. Probabilmente mi disprezza».

«Hai il suo numero. Perché non lo chiami?».

Sabrina scosse la testa. «Non servirebbe a nulla. Non mi crederebbe se gli dicessi cosa provo davvero. Non ora». Aveva sentito la tempesta di ghiaccio che lo aveva circondato quando gli aveva detto che non provava nulla per lui. Non le avrebbe mai creduto ora. Lo aveva respinto e, anche se non aveva ferito il suo cuore, aveva ferito il suo orgoglio.

La chiamata dall'ufficio arrivò il venerdì mattina.

«Sabrina, sono Caroline». Fu sorpresa di sentire la voce della receptionist. Anche se lei e Caroline andavano d'accordo in ufficio, non erano amiche e non c'era motivo di chiamarla a casa ora che non lavorava più lì.

«Ciao».

«Hannigan è stato licenziato», annunciò Caroline.

A Sabrina cadde la mascella. «Come è successo?».

«Il signor Merriweather ha scoperto che Hannigan ti ha molestato e che ha inventato cose sul fatto che il tuo lavoro non era adeguato. Così lo ha licenziato in tronco. Ecco perché ti sto chiamando. Il signor

Merriweather vuole parlare con te questo pomeriggio».

Non poteva crederci. Avevano licenziato Hannigan dopo che era stato così sicuro che i soci non lo avrebbero mai toccato. Sentì un enorme peso sollevarsi dalle sue spalle. Dopo tutto, c'era un po' di giustizia nel mondo.

«Vuoi dire che potrebbe riassumermi?».

«Mi ha detto solo di chiamarti e chiederti di venire alle tre. Ma sono abbastanza sicura che si tratti di questo. Di cos'altro potrebbe volerti parlare, no?». Chiese Caroline.

«Ci sarò. Grazie mille!».

Sabrina si vestì con il suo miglior abito da lavoro e si assicurò di apparire in tutto e per tutto la professionista che era. Se le avessero offerto di riavere il suo vecchio lavoro, voleva essere all'altezza della situazione. Controllò due e tre volte il suo abbigliamento allo specchio. La gonna si fermava appena sotto le ginocchia e aveva scelto di non indossare i collant perché le sue gambe erano abbastanza abbronzate da poterle tenere scoperte.

Oggi aveva bisogno di essere più alta, per sentirsi più imponente, quindi decise di indossare i tacchi a spillo invece delle più comode slingback che indossava di solito. Era vestita per uccidere. Se la volevano indietro voleva innanzitutto delle scuse, e poi l'assicurazione che non sarebbe stata relegata a casi di routine come quando era stata assegnata a lavorare con Hannigan.

Un'ultima occhiata allo specchio, un respiro profondo e capì che non poteva temporeggiare oltre se non voleva arrivare in ritardo.

Quando entrò nell'atrio dello studio, si sentì le mani sudate e si forzò a fare un sorriso quando Caroline la salutò.

«Il signor Merriweather ti aspetta nel suo ufficio. Entra pure». Premette il pulsante dell'interfono. «Sabrina è qui».

Mettendo un piede davanti all'altro, Sabrina si diresse verso l'ufficio di Merriweather. Quando lo raggiunse, tutte le sue esitazioni erano sparite. Bussò e sentì la voce di lui che le chiedeva di entrare.

Quando aprì la porta ed entrò, Merriweather aveva già girato intorno alla scrivania. Con una mano tesa, si diresse verso di lei.

«Sabrina, sono molto felice che tu sia venuta. Accomodati pure».

«Grazie». Sabrina si sorprese per quell'eccessiva cortesia. Non era da lui.

Si sedette di fronte alla scrivania e lui si sedette dietro di essa.

«Lasciami dire che lo studio e io ci scusiamo profondamente per come sei stata trattata. Non ci sono scuse per questo. Sapevamo che Jon ha avuto... diciamo, problemi con il personale femminile, ma non avremmo mai immaginato che sarebbe arrivato a molestarti. Ci dispiace molto che tu abbia pensato di non poterne parlare con noi». Le rivolse uno sguardo sincero. «Noi... no, io spero che tu sappia che ti stimiamo molto e che naturalmente ti offriremmo di nuovo il tuo lavoro...».

Offriremmo? Cosa stava dicendo? L'aveva

chiamata solo per scusarsi, ma tutto qui? Non aveva intenzione di offrirle un lavoro. Quanto era ipocrita?

«Ma non lo farete? Sa cosa ha fatto Hannigan, ma non vuole ridarmi il mio lavoro?». La sua voce era piatta, senza mostrare alcuna emozione. Non voleva dargli la soddisfazione di fargli capire che era delusa.

«Saremmo lieti di riaverti con noi, naturalmente, ma un cliente ci ha chiesto di essere rappresentato per ottenere i tuoi...». Si schiarì la gola. «... hmm, servizi. Ho redatto io stesso il contratto e so che il nostro studio non potrebbe mai offrirti quanto è disposto a pagare».

Sabrina era più che sorpresa. Aveva avuto pochissimi contatti con i clienti durante il periodo trascorso nello studio, ed era impossibile che un cliente l'avesse notata e avesse deciso di offrirle un lavoro.

«Non capisco».

Merriweather spinse un fascicolo sul tavolo. «Questo è il contratto. Prima che tu lo legga, lascia che ti assicuri che ho fatto tutto il possibile per proteggerti con i termini del contratto. È a prova di bomba e, se deciderai di accettarlo, credimi se ti dico che nessuno penserà male di te. È un'offerta che non molti nella tua posizione rifiuterebbero. Ognuno ha il suo prezzo», aggiunse in tono criptico.

Lei sollevò un sopracciglio ma non rispose.

«E se deciderai di rifiutare l'offerta del mio cliente, sarò il primo a darti il bentornata nello studio». Si alzò e girò intorno alla scrivania. «Ti lascio leggere il contratto».

«Grazie, signor Merriweather».

Lui le strinse la mano e andò verso la porta. Quando la sentì aprirsi e richiudersi pochi istanti dopo, prese il fascicolo e lo aprì.

Daniel guardò Sabrina seduta di spalle. Si era infilato silenziosamente nell'ufficio quando Merriweather era uscito, proprio come avevano concordato prima. Sabrina non si era accorta del suo ingresso e lui era rimasto immobile vicino alla porta.

Mentre lei scorreva la prima pagina del contratto, lui lasciò che i suoi occhi scivolassero su di lei. Gli mancava, gli mancava davvero e non sapeva per quanto tempo ancora avrebbe potuto sopportare la separazione.

«Oh mio Dio!», esclamò lei mentre andava sempre più avanti nella pagina. Voleva che lei avesse la possibilità di leggere l'intero contratto di tre pagine, per quanto si sentisse impaziente.

Quando passò alla seconda pagina, saltò improvvisamente in piedi dalla sedia. «Oddio!», esclamò un'altra volta, incredula. Lo shock per la sua proposta era evidente, anche se non poteva vederla in faccia. Lo stava uccidendo, perché le sue espressioni non gli dicevano se era propensa ad accettare o a rifiutare. Aveva bisogno di saperlo. Non poteva più sopportare la suspense.

«Sabrina».

Con un basso grido che le si bloccò in gola, si voltò. I fogli caddero sul pavimento, liberati involontariamente dalle sue mani tremanti. Era più bella di quanto lui l'avesse mai vista.

«Tu...». La sua voce era tremolante e alla fine si spezzò.

Fece due passi verso di lei quando la vide appoggiarsi alla scrivania dietro di lei e si fermò. Non voleva spaventarla.

«È questo che vuoi?». Indicò il contratto ai suoi piedi.

Daniel annuì. «Sì».

«Perché?».

«Perché a questo punto accetterò tutto ciò che posso ottenere».

Si avvicinò e si chinò per raccogliere le pagine, rimettendogliele tra le mani. Essere così vicino a lei, dopo non averla vista per cinque giorni, gli fece venire voglia di raggiungerla e toccarla.

I suoi occhi incrociarono quelli di lui. «Vuoi che sia la tua accompagnatrice?».

«È quello che volevi, vero? Solo sesso. L'hai detto tu stessa».

Sabrina sollevò le pagine con la mano. «Non si tratta solo di sesso». Indicò un punto della pagina. «Paragrafo 9: Bambini. Ti va di spiegare cosa ci fa questo paragrafo in questo contratto?».

«I figli che nasceranno da questo contratto saranno i miei eredi legali», recitò una parte del contratto. «Quindi, è tutta una questione di sesso. Ti garantisco che rimarrai incinta se condividerai il mio letto ogni notte».

«Paragrafo 6: Sistemazione abitativa. Il dipendente vivrà con il datore di lavoro, condividendo il suo letto», si legge.

«Sai bene quanto me cosa succede quando condividiamo il letto. Vuoi che te lo ricordi?». Si avvicinò a lei e la notò trattenere il respiro.

«Paragrafo 17: Compenso», dichiarò Daniel.

«Non ho letto fino a quel punto», disse subito Sabrina.

«Permettimi di parafrasare. Il dipendente ha diritto alla metà del patrimonio netto del datore di lavoro».

Sabrina sussultò per lo shock. «Non puoi dire sul serio».

Annuì lentamente. «Leggi tu stessa».

Cercò il punto sulla pagina e lo trovò. I suoi occhi danzarono sulla pagina come una pallina da pingpong in una gara, finché la sua bocca si aprì e si richiuse rapidamente. Invece di voltarsi verso di lui, continuò a leggere.

«Ho bisogno di un momento», chiese.

Lui si spostò, allontanandosi dal suo profumo seducente. Sabrina girò intorno alla scrivania e si sedette sulla sedia di Merriweather.

Ci vollero diversi minuti perché lei leggesse il contratto fino alla fine. Lui non sapeva ancora nulla di più di quando era entrato in ufficio. Lo avrebbe rifiutato del tutto? Si sarebbe presa gioco di lui?

Quando finalmente Sabrina alzò lo sguardo, il suo volto era illeggibile.

«Permettimi di chiarire questo punto. Vuoi assumermi come tua accompagnatrice, per condividere il tuo letto e la tua casa, per vivere con te, per viaggiare con te, per partecipare a tutte le funzioni familiari con te. Sarò esclusivamente tua, senza altri amanti. E nemmeno tu avrai altri amanti. I figli che potrei avere saranno riconosciuti come tuoi eredi legali e cresceranno come tuoi figli. In cambio avrò diritto a metà del tuo patrimonio. E poi la clausola di rescissione». Fece una pausa. «Dovresti licenziare Merriweather come tuo avvocato. Non credo che abbia in mente il tuo interesse. La clausola di rescissione non ti dà scampo».

«È così che deve essere. Non c'è nessuna via d'uscita per me. Non sto cercando una via d'uscita, sto cercando una via d'entrata. Sarà tutto nelle tue mani, proprio come hai sempre voluto. Sarai tu a decidere quando si tratterà di rescindere il contratto. Sono pronto quando lo sei tu».

Sabrina scosse la testa. «Spero che non ti dispiaccia se apporto delle modifiche a questo contratto. Nessuno firma mai un contratto così com'è stato presentato, tanto meno un avvocato».

Non aspettò la sua approvazione e iniziò a fare delle annotazioni. Significava che era disposta ad accettare quella folle proposta? Lo avrebbe fatto davvero? Lui sapeva che voleva che lei fosse sua per sempre e, anche se avrebbe preferito chiederle di sposarlo, era disposto a iniziare con quello che pensava l'avrebbe messa più a suo agio.

Lei gliel'aveva detto senza mezzi termini al cottage: non poteva essere altro che la sua puttana. Bene, l'avrebbe assunta come tale e poi le avrebbe mostrato ciò che era veramente: la donna che amava.

Quando Daniel la vide firmare il contratto, il cuore gli salì in gola. Lei era sua.

«Ecco. Ho accettato. Devi siglare il paragrafo diciassette. Ho apportato delle modifiche».

Il paragrafo 17? Cercò freneticamente di ricordare l'argomento del paragrafo, quando gli tornò in mente di colpo: il compenso.

Lei annuì quando vide la consapevolezza sul suo volto. «Non è abbastanza per quello che vuoi. Mi serve di più».

Di più? Il suo cuore affondò. Sabrina lo stava spennando. Non poteva averla giudicata così male. Non aveva mai mostrato interesse per i suoi soldi, ma ora che lo aveva in pugno, era venuto fuori il suo vero carattere? Dio, sperava di no.

Lei spinse il contratto nella sua direzione. «Non vuoi leggerlo?».

A Daniel sembrava di avere le gambe piene di piombo quando fece un passo verso la scrivania. Lo aveva preso in giro, aveva premuto tutti i suoi tasti dolenti, lo aveva strizzato per bene e poi lo aveva appeso ad asciugare?

«Daniel, leggilo», lo esortò lei. Il modo in cui pronunciò il suo nome lo spinse a guardarla negli occhi. Non c'era nulla di freddo nei suoi occhi. Al contrario, erano pieni di calore. Le sue azioni non riflettevano il modo in cui lo guardava.

Lei abbassò gli occhi verso il contratto, pregandolo di nuovo di leggere la modifica che aveva apportato. Alla fine lo fece. Quello che vide gli fece sobbalzare il cuore. Aveva cancellato l'intero paragrafo e scritto a margine. Era scritto con inchiostro blu: *Compenso - Daniel darà a Sabrina il suo amore e il suo rispetto, ogni giorno e ogni notte.*

Era tutto ciò che voleva, nient'altro. Aveva firmato il contratto. Daniel dovette contenersi.

«Mi presti la tua penna?». Daniel si sentì soffocare quando prese la penna.

Un secondo dopo, l'inchiostro sulla carta si asciugò, la firma di lui accanto a quella di lei.

Lei lo guardò e sorrise. Quando aveva letto i primi paragrafi del contratto, aveva pensato che fosse impazzito. Si era persino sentita un po' offesa per quello che le stava offrendo, ma quando aveva letto la clausola di rescissione, aveva capito che quello che le stava veramente offrendo era se stesso.

Non c'era modo per lui di rescindere il contratto. E l'unica via d'uscita per lei? Sposarlo. Lui l'avrebbe sciolta dal contratto solo se lei avesse accettato di diventare sua moglie. Ora lo capiva.

Con passo deciso, si avvicinò, fermandosi a pochi centimetri da lui. Sentì il calore del suo corpo incendiare l'aria tra loro.

«Quindi pensi di poter pagare il mio prezzo?» chiese lei.

«Non lo penso. Lo so. Ne vuoi un

assaggio?». Il suo sguardo era rovente e si aggiungeva al calore bruciante della stanza.

Si leccò le labbra per rinfrescarle mentre guardava la sua bocca avvicinarsi. «Ho bisogno di più di un assaggio», borbottò prima che le sue labbra incontrassero le sue.

Il suo braccio le circondò la vita e la attirò nella curva del suo corpo, schiacciandole i seni contro il suo petto. Con l'altra mano le accarezzò la nuca, inclinando la testa per poter ottenere un bacio più profondo.

Le labbra di Sabrina si aprirono con un profondo sospiro e lo invitarono ad entrare. Lui esplorò la cavità della sua bocca, duellando con la sua lingua in attesa. Tutto nel suo bacio gridava passione, amore e possesso.

Le sue mani strattonarono la camicia di lui per tirarla fuori dai pantaloni. Aveva bisogno di sentire la sua pelle. Non appena fece scivolare le mani sotto la camicia, lui gemette.

«Sabrina, mi sei mancata. Non voglio più separarmi, nemmeno per una sola notte». I suoi occhi si fissarono in quelli di lei.

«Ho firmato il contratto, giusto?».

Daniel sorrise. «Sì, l'hai fatto».

«Come facevi a sapere che avrei accettato?».

«Non lo sapevo. Francamente, a un certo punto ho pensato che mi avresti lanciato il contratto e mi avresti mandato a quel paese».

Lei alzò le sopracciglia. «E poi?».

«Avrei scelto il piano B».

«Qual era il piano B?».

Lui sorrise e scosse la testa. «Visto che hai accettato il piano A, credo che non lo scoprirai mai».

«Immagino che dovrò sfruttare al massimo il piano A, allora». Lei rise e tolse la mano dal suo petto solo per posarla sul familiare rigonfiamento dei suoi pantaloni. Sabrina poteva chiaramente sentire il calore sotto la sua mano.

«Cosa stai facendo?» Daniel chiese lentamente.

«Raccolgo informazioni sul paragrafo undici».

«Paragrafo undici?» chiese lui, e gemette

quando lei accarezzò la sua crescente erezione attraverso il tessuto.

«Daniel, sai almeno cosa c'è scritto nel contratto?».

«Ricordamelo, visto che il mio corpo è impegnato in altro al momento».

Sabrina rise. «Il paragrafo undici, e parafraso: il datore di lavoro è tenuto a soddisfare sessualmente il dipendente in ogni momento».

«In ogni momento?».

Lei annuì. «In ogni momento. E credo che questo includa anche il presente».

«Qui?». Guardò in giro per l'ufficio.

«Qui. Adesso». Cercò la scrivania dietro di lei. «Mi sembra piuttosto solida», commentò riferendosi alla scrivania di Merriweather.

«Meno male che Merriweather è ordinato e tiene la scrivania pulita», rispose Daniel con un luccichio negli occhi mentre le tirava su la gonna stretta. «Che ne dici di togliere quelle mutandine?».

«Non ricordo di aver ricevuto l'altro mio paio indietro da te».

«Sto iniziando una raccolta. Vuoi dare un contributo?».

Sabrina si tolse le mutandine e gliele porse.

«Cosa ottengo in cambio?».

La sollevò sulla scrivania e le allargò le gambe mentre si avvicinava al suo centro e la teneva stretta. «Scegli tu». La sua voce era bassa e lei sentì il suo respiro sul viso mentre le sue labbra scendevano verso di lei per un tenero bacio.

Lentamente, le mani di Sabrina andarono ai suoi pantaloni, prima aprendo il bottone e poi tirando giù la cerniera. Sentì il suo sospiro di apprezzamento quando li spinse lungo i suoi fianchi e li lasciò cadere a terra. Non appena fece lo stesso con i boxer, la sua mano raggiunse la sua erezione che sporgeva orgogliosa.

«Perfetto», lo ammirò e accarezzò con la mano morbida la sua asta.

«È passato tanto tempo, piccola». I suoi occhi la guardavano con un desiderio inconfessabile. Proprio come piaceva a lei. Tirandolo più vicino per la camicia, lo portò a sfiorare il suo corpo, con l'erezione che sfiorava la sua entrata calda e umida.

«Ti voglio, Daniel, tutto di te». Era piena di quell'amore di cui non poteva ancora parlare. Non riusciva ancora a dire le parole, ma sapeva che lui avrebbe aspettato finché non fosse stata pronta. Nel frattempo sarebbe stata la sua accompagnatrice, esclusivamente sua.

«Ti prego, prendimi», lo implorò e premette le labbra sulle sue, baciandolo appassionatamente.

Sabrina emise un profondo gemito quando sentì la punta del suo cazzo fare breccia nella stretta entrata del suo centro. Pochi secondi dopo, Daniel staccò le labbra dalle sue e la guardò negli occhi.

«Ora tu mi appartieni e io ti appartengo. *Per sempre*».

E poi la penetrò, immergendo i 20 centimetri di carne dura nel suo centro umido e caldo, reclamando lei come lei reclamava lui.

Informazioni sull'autrice

Tina Folsom è nata in Germania e vive in paesi anglofoni dal 1991. È un'autrice bestseller del *New York Times* e di *USA Today*. La sua serie bestseller, *Vampiri Scanguards*, ha venduto oltre 2 milioni di copie in tutto il mondo. Tina ha scritto oltre 50 libri, pubblicati in inglese, tedesco, francese, italiano e spagnolo. Tina scrive di vampiri (serie *Vampiri Scanguards* e *Vampiri di Venezia*), divinità greche (serie *Fuori dall'Olimpo*), immortali e demoni (serie *Guardiani Furtivi*), agenti della CIA (serie *Nome in Codice Stargate*), viaggiatori nel tempo (serie *Time Quest*) e scapoli (serie *Il Club di Scapoli*).

Tina è sempre stata un'amante dei viaggi. Ha vissuto a Monaco (Germania), Losanna (Svizzera), Londra (Inghilterra), New York City,

Los Angeles, San Francisco e Sacramento. Oggigiorno, ha fatto di una città balneare della California meridionale la sua casa permanente, assieme al marito e al loro cane.

Per saperne di più su Tina Folsom:
Visita il suo sito web: https://tinawritesromance.com/edizioni-italiane/
Iscriviti alla sua newsletter: https://tinawritesromance.com/newsletters/
Seguila su Instagram: https://www.instagram.com/authortinafolsom/
Iscriviti al suo canale YouTube: https://www.youtube.com/c/TinaFolsomAuthor
Seguila su Facebook: https://www.facebook.com/TinaFolsomFans/

www.ingramcontent.com/pod-product-compliance
Ingram Content Group UK Ltd.
Pitfield, Milton Keynes, MK11 3LW, UK
UKHW040735200225
455358UK00001B/86